【臺灣現當代作家
研究資料彙編】

百冊提要

國立台灣文學館
出版

金針繡繁花・細筆書大河

《百冊提要》導論

◎向陽

八年漫長時光、百部彙編竣事

　　《臺灣現當代作家研究資料彙編》從 2010 年展開至今，已經邁入第八年，並以百冊卷帙完美呈現 100 位臺灣現當代作家的研究資料於國人面前。百冊彙編猶如百隻金針，刺繡而出臺灣現當代文學的似錦繁花，呈現了近百年來臺灣新文學的多樣風貌。透過百部彙編，我們可以重睹前人文學志業，再探不同年代的文學勝景，並掌握臺灣現當代文學發展的軌跡與脈絡。這樣費時長久而卷帙浩繁的工程，能以百冊編竣，標誌其成果，展示其內蘊，自是功不唐捐，可喜可賀。

　　八年時光，兩千九百多個日夜，眾多參與這項文學史料重建工程的學者、專家，以他們的學術專長，分就不同作家編選相關研究資料，增刪損益，撰述導論，讓百位臺灣作家的書寫生命得以再現，文學志業得以彰顯，他們為前賢塑像、以金針度人的貢獻，當然值得肯定。而主持此一龐大重建計畫的文訊雜誌社社長封德屏及編輯同仁，在這漫長的八年過程中，不辭負重，不避勞苦，戰戰兢兢，敬謹敬慎，終能完成百部彙編，呈現於國人之前，尤其功不可沒。

　　這是一段重建臺灣文學史料的艱苦路途，在《臺灣現當代作家研究資料彙編》計畫尚未展開前就已先行起跑了。根據封德屏寫於第六階段的彙編〈編序〉所述，最早是於 1995 年 10 月 25 日，在臺灣師範大學舉辦的「面對臺灣文學」座談會上，時任國家圖書館編纂的張錦郎就「臺灣文學

需要什麼樣的工具書」提出專業的建議，獲得時任文建會二處科長游淑靜的支持，於是而有 1996 年《臺灣文學年鑑》的編纂，且持續至今；接著又有《中華民國作家作品目錄》的新編以及《臺灣文壇大事紀要》的續編，乃至國家圖書館「當代文學史料影像全文系統」的建置——正是因為這些史料的重建，累之積之，堆之疊之，方才有了以現當代作家為標的後續工程。

這個後續工程始於 2004 年 4 月，改隸「財團法人臺灣文學發展基金會」的文訊雜誌社提出「臺灣現當代作家評論資料目錄」專案計畫，獲得甫成立的臺灣文學館館長林瑞明支持，於是由封德屏聘請學者專家擔任顧問，集思廣益，經過充分討論後，以「文學成就」、「研究的迫切性」與「資料取得難易度」為選錄標準，確定 310 位作家名單，開始進行作家評論資料的採編。2009 年 10 月，「臺灣現當代作家評論資料目錄」終於完成，這個計畫分三階段歷時五年六個月，總計採編十餘萬筆作家評論資料，可見其事之難，用力之深。

「臺灣現當代作家評論資料目錄」完成後，文訊續提「臺灣現當代作家研究資料彙編暨資料庫建置計畫」，同樣獲得臺灣文學館支持。這個計畫的主力也就是《臺灣現當代作家研究資料彙編》的起步。顧問團隊從 310 位作家中挑選 50 位具代表性作家，每書再委請相關學者專家負責編選。彙編體例完整，涵括作家圖片集、手稿文物，小傳、作品目錄及提要、文學年表等，另有編選者所撰綜述，及所編具代表性的評論，後附作家評論資料目錄。

這項研究資料彙編的工程，從 2010 年 3 月展開，分成三個階段出版，至 2013 年 12 月終於完成首批 50 位作家的 50 本資料彙編，出版之後，備受臺灣文學學界之歡迎、社會之矚目，以及海外臺灣學研究單位之重視；緊接著，2014 年元月，文訊又展開第二部分 50 位作家研究資料的彙編，分成四個階段，終於有了此刻百冊彙編堂皇問世的豐富成果。

從 1995 年 10 月張錦郎倡議「臺灣文學需要什麼樣的工具書」算起，23 個春秋過去；從 2004 年 4 月文訊雜誌社執行「臺灣現當代作家評論資

料目錄」專案計畫開始，迄今也有 14 年。從 2010 年 3 月，《臺灣現當代作家研究資料彙編》開始編選，迄今出齊百冊，也垂八年之久。這樣漫長的時光，這樣一步一腳印、一棒接一棒，馬拉松式的長跑，主其事的文訊工作團隊，依靠的無非是對臺灣文學傳承的熱愛、對臺灣文學史料的珍視、對臺灣作家研究的期許，值得我們致以崇高的敬意。

納百川成其大、匯眾流見其寬

檢視百部《臺灣現當代作家研究資料彙編》，首先我們看到的是近百年來以文學為志業，孜孜矻矻於文學書寫的作家，他們或是創作者，或是評論者，都曾經在他們所屬的年代活躍過，部分且影響至今；他們之中，或者以文學作品標誌個別獨特的創作風格，或者以文學評論昭示所屬時代與社會的文學思潮，他們都是臺灣文學史上不可或缺的作家。

這 100 位作家，從誕生於 1894 年的賴和，到逝世於 2016 年的王拓，在臺灣的文學輿圖中都有各自的位置。從創作美學上看，他們或以現實主義為宗，或以現代主義為尚，或不問主義埋首創作，都拓增了臺灣文學的多彩光譜；他們當中有人終生以作品或評論進行反封建、反帝國、反殖民、反威權的書寫，有人用作品來記錄戰亂、離散的動盪年代，也有人堅持個體創作的自由和內在世界的挖掘……，無論如何，這些作家及其作品，都充實了臺灣文學的多元內容。他們或是出生於本土，或是戰後來臺，或因各種因素離開臺灣、散居世界各地，他們的名字和文學都讓臺灣文學的屋宇更形寬闊、堂奧更見深厚。

正是因為這樣，《臺灣現當代作家研究資料彙編》也就顯示了它無所不包、無所不容的可貴之處。百部彙編如實地留存了百位作家的相關研究和文學實績，通過對個別作家素有研究的編選人的啜英咀華、汰沙淘金，以及彙編所選相關研究資料的彙集，百位作家的圖像因而更加鮮明，他們對臺灣文學的貢獻也因而更見具體。

其次，百部彙編選入的「作家」，採取的是寬廣的定義，而不局限於傳

統的身分認定。從文類言，從事詩、散文、小說和劇本創作的固屬作家，從事文學評論者也已納入；從屬性言，彙編也不以歷來「純文學」作家為宗，而納入了具有廣大閱讀市場的大眾文學作家；從影響力言，彙編不僅收入主流圈活躍的作家，也收入非主流或邊陲性較強的作家，一視同仁，百書之厚與薄，端看作家相關研究資料之多與少而定。凡此都使得彙編因之可以納百川成其大、匯眾流見其寬，益顯臺灣文學幅員之廣闊，對將來臺灣文學史的書寫，也當能有所裨益才是。

《臺灣現當代作家研究資料彙編》的另一個特色，則在其史料性的強化，而這來自編纂之初就有相當明確的編輯體例所致。彙編編纂的目的，在於呈現選入作家的生平、著作及相關研究成果，以供臺灣文學相關研究、教學參考之資。因此，各書均統一體例，分為「圖片集」、「生平及作品」、「研究綜述」、「重要文章選刊」及「研究評論資料目錄」等五輯，綱舉目張，條例分明，其中作家文學年表的考訂、研究評論資料目錄的臚列，更是百部彙編最具參考價值之處；猶不止於此者，則是初初接觸臺灣文學的讀者，也可以透過彙編，探源溯流，充分了解選入作家的文學生涯及其特色。

整個來說，這三大特色則又共同指向百部彙編的寬大厚重：無流派之分、無地域之別、無文類之辨、無雅俗之裁。通過百本彙編，現當代臺灣文學的寬大厚重因而彰顯無遺。

拿金針繡繁花、秉細筆書大河

《臺灣現當代作家研究資料彙編》累積八年而有百部，誠屬臺灣文學界之大事。無論是對於臺灣文學史料的重建，或是對於學界的研究、教學，乃至於讀者大眾認識臺灣重要作家、一窺臺灣文學堂奧，這套彙編的重要性都不言可喻。

作為史料重建的重大工程，這套由國立臺灣文學館編給預算，由長期從事臺灣文學傳播與史料保存，且具有公信力的《文訊》及臺灣文學發展

基金會執行，動員眾多臺灣文學學界菁英，合力完成的彙編，有此具體成果，基石既奠，以啟來茲，對於臺灣文學的傳承和發皇，當然具有指標性的意義。

更重要的是，這套彙編在奠定臺灣文學史料的基礎之上，也足為臺灣文學史家之用。翔實而深入、廣納而細密的臺灣文學史，因而也就更具有期待與重寫的空間。過去的臺灣文學史著，多賴文學史家獨力完成，而臺灣現當代文學發展垂百年之久，作家眾多、作品浩繁，相關研究與史料更是汗牛充棟、難以盡覽，欲求其了無遺漏、一無空疏，史證確切、論述周密，有其一定難度，無以苛責。如今有了這套集結眾力的彙編，自可嘉惠文學史家，利其器而善其事，寫出更見完整、更顯開闊的臺灣文學史著。

這套彙編所選百位作家，格於相關研究資料多寡（即編選原則「資料取得難易度」）之考量，未必能窮盡百年來所有具代表性的作家於其中；而原住民作家因晚出於戰後，亦未見選入，都屬憾事。儘管如此，彙編所選百人，已盡其可能兼顧作家之族群、性別、世代與文類，容多元而察差異。以彙編選入的作家與已出之臺灣文學史著比較，可發現尚有不少未獲文學史著注意及之的作家，則這套彙編對於未來的臺灣文學史家，應該也有提供斟酌損益、補漏填缺的功用才是。

經過八年長跑，《臺灣現當代作家研究資料彙編》終於能以百家百部的壯闊景觀呈現於國人面前，搭配已經建置完成的收錄 310 位作家的資料庫，以及這本《彙編百冊提要》的推出，更加具體化了臺灣現當代文學的豐富性與多樣性。總策畫封德屏領導下的工作團隊，八年來夙夜匪懈的辛苦，總算開出一片繁花勝景；參與編選工作的顧問團隊和學界菁英，八年來孜矻以赴的努力，也終於立下了一道具有指標意義的里程碑。

這是拿金針繡繁花、秉細筆書大河，壯闊綿遠的文學工程。深切期盼，以這套百家百部彙編為起點，下一個百家百部彙編工程能夠接續以繼。願臺灣文學這條長河，浩浩蕩蕩，永無絕期。

目次

【臺灣現當代作家研究資料彙編1】賴和（1894～1943）

臺南：國立臺灣文學館
2011年3月，18開，518頁
定價500元

賴和，男，本名賴河，另有筆名懶雲，1894年5月28日生，1943年1月31日辭世，得年50歲。創作文類涵蓋詩、散文、小說。作家成長於臺灣新舊文學更替之時，作品以寫實手法反映被壓迫者的悲苦血淚。

本書收錄評述文章26篇，研究評論資料目錄收錄資料1043筆。

編選人：陳建忠

清華大學中國文學系博士。清華大學臺灣文學研究所教授。曾獲竹塹文學獎文學評論獎、中央日報文學獎文學評論獎、巫永福文學評論獎、文建會培土計畫獎助等。

綜述摘要

本文聚焦在賴和及其文學研究中所具有的「認同政治」。從1930至1940年代因白話文創作、作品中對殖民者的反動而出現的「臺灣新文學之父」形象，到戰後初期被視為抗日代表、具有「民族自決」精神的臺灣文運象徵。以及1950至1960年反共文學當道年代，因左傾思想而被逐出忠烈祠，1970年代末隨著回歸鄉土的呼聲漸起，再度被討論，至今日走向文學性、全面性的研究歷程。

收錄篇目

【臺灣現當代作家研究資料彙編 2】吳濁流（1900～1976）

臺南：國立臺灣文學館

2011 年 3 月，18 開，407 頁

定價 400 元

吳濁流，男，本名吳建田，1900 年 6 月 2 日生，1976 年 10 月 7 日辭世，享年 77 歲。創作文類包括論述、詩、散文、小說等。其小說擅以周詳的觀察、冷靜的分析解剖社會諸相及病態。

本書收錄評述文章 27 篇，研究評論資料目錄收錄資料 853 筆。

編選人：張恆豪

東吳大學中國文學系碩士。曾任遠景出版公司總編輯，長期從事文學研究，現任《鹽分地帶文學》總編輯。曾獲巫永福文學評論獎。著有文學評論集《覺醒的島國——日治時代臺灣文學論集》，編有《火獄的自焚》、前衛版《臺灣作家全集》等書。

綜述摘要

本文聚焦吳濁流代表作《亞細亞的孤兒》成書經過、內容爭議，以及其在日本、臺灣的讀者接受過程。前半部分詳述《亞細亞的孤兒》在殖民高壓下艱辛的創作經過，後從「閱讀現象學」的角度切入，梳理吳濁流作品在戰後臺灣不同階段的詮釋，細探其在「抗日文學」與「殖民地文學」間的位移，乃至 1990 年代後多元思潮論述下的多音辯證。最後期待來者就《亞細亞的孤兒》各版本做深入探究，並拉廣視野，與日據時期朝鮮文學及歷史背景相近國家的文學做橫向比較。

收錄篇目

【臺灣現當代作家研究資料彙編 3】梁實秋（1903～1987）

臺南：國立臺灣文學館

2011 年 3 月，18 開，503 頁

定價 450 元

梁實秋，男，本名梁治華，1903 年 1 月 6 日生，1987年 11 月 3 日辭世，享年 85 歲。創作文類遍及論述、詩、散文、小說、翻譯。其學養橫貫中西，優游於各式文體之間，樹立濃厚的個人行文風格。

本書收錄評述文章 19 篇，研究評論資料目錄收錄資料 1691 筆。

編選人：陳信元（1953～2016）

中國文化大學中國文學系畢業。曾任出版社總編輯、發行人、南華大學出版學研究所副教授兼所長、南華大學編譯出版中心主任、臺灣師範大學、世新大學兼任副教授、佛光大學中國文學與應用學系副教授。曾獲國科會甲種研究獎勵、五四獎（文學活動獎）。

綜述摘要

本文針對中國與臺灣兩地對梁實秋的研究概況進行通盤整理與分析。早在 1920至 1930 年代，梁實秋曾因提倡「人性論」遭中國左翼文人圍剿，至 1980 年代初期中國出版其散文作品，方有所轉變，其後聚焦梁實秋的思想、散文、翻譯與論戰研究不絕；臺灣方面，則以採訪、報導、悼念、書評文章居多，學術研究較少，成果也以散文研究居多，其他方面相對缺乏。

收錄篇目

【臺灣現當代作家研究資料彙編 4】楊逵（1906～1985）

臺南：國立臺灣文學館
2011 年 3 月，18 開，453 頁
定價 430 元

楊逵，男，本名楊貴，1906 年 10 月 18 日生，1985 年 3 月 12 日辭世，享年 80 歲。早年以日文寫作，主要為評論、小說、散文等。作品富含階級意識及抵抗，展現普羅大眾的精神。

本書收錄評述文章 15 篇，研究評論資料目錄收錄資料 1333 筆。

編選人：黃惠禎

政治大學中國文學系博士。曾任聯合技術學院臺灣文學研究中心主任、聯合大學臺灣語文與傳播學系主任、《楊逵全集》執行編輯暨「資料卷」責任編輯等。現任聯合大學臺灣語文與傳播學系教授。

綜述摘要

本文爬梳 1960 年代至 21 世紀對楊逵的研究進程。1960 年代由日籍研究者揭開序幕，1970 年代的楊逵傳記資料為日後研究奠下基石，1980 至 1990 年代，楊逵研究日新月異，對其文學的新詮釋、作品版本的考證研究、劇作、手稿的重新出土，21 世紀《楊逵全集》的出版與國際學術研討會等學術活動的舉辦，以更宏觀的角度定位楊逵於臺灣文學上的地位。然目前研究仍集中於楊逵的小說成就，期盼未來可朝跨語言、跨文化的角度對楊逵進行更全面性的研究。

收錄篇目

【臺灣現當代作家研究資料彙編5】楊熾昌（1908～1994）

臺南：國立臺灣文學館
2011 年 3 月，18 開，315 頁
定價 300 元

楊熾昌，男，1908 年 11 月 29 日生，1994 年 9 月 27
日辭世，享年 86 歲。創作文類包含論述、詩、小
說。小說和詩作由自由聯想式的意象經營，呈現唯美
浪漫的抒情。為《風車》詩誌創辦人之一。

本書收錄評述文章 15 篇，研究評論資料目錄收錄資
料 152 筆。

編選人：林淇瀁

政治大學新聞學系博士。現任臺北教育大學臺灣文化研究所教授、臺灣文學學會
理事長、吳三連獎基金會祕書長。曾以詩集《亂》獲臺灣文學館 2007 臺灣文學
獎「新詩金典獎」。著有《場域與景觀：臺灣文學傳播現象再探》、《書寫與拼
圖：臺灣文學傳播現象研究》、《迎向眾聲：八〇年代臺灣文化情境觀察》等。

綜述摘要

本文前半部分概述楊熾昌的文學主張及創作歷程，說明楊熾昌做為臺灣最早的超
現實主義詩人，以日本學界的前衛美學主張融入臺灣風土，發展出別於日本詩壇
的超現實風格，也成為臺灣現代主義美學的濫觴。後半部分析介楊熾昌的研究評
論，指出其研究資料的貧乏反映了以日文書寫的日治年代作家在臺灣文壇的邊緣
位置，也突顯了 1930 年代的臺灣文壇為左翼思潮席捲，楊熾昌作為詩壇異數，
文獻稀少，益增評價難度之困境。

收錄篇目

【臺灣現當代作家研究資料彙編 6】張文環（1909～1978）

臺南：國立臺灣文學館
2011 年 3 月，18 開，422 頁
定價 400 元

張文環，男，1909 年 8 月 28 日（農曆）生，1978 年
2 月 12 日辭世，享年 69 歲。創作文類以小說為主，
次為評論與隨筆。其作品具有濃厚的鄉土意識與現實
主義的悲憫批判。

本書收錄評述文章 20 篇，研究評論資料目錄收錄資
料 558 筆。

編選人：柳書琴‧張文薰

柳書琴／清華大學中國文學系博士。現任清華大學臺灣文學研究所教授。曾獲國
科會吳大猷先生紀念獎、巫永福文學評論獎。

張文薰／日本東京大學人文社會系研究科中國文學研究室博士，現任臺灣大學臺
灣文學研究所副教授。

綜述摘要

本文以全面性的角度爬梳日本、臺灣、中國對張文環的研究歷程與面向。研究範
疇涵括作家的文學活動、傳記研究；作品研究則以山村書寫、女性兒童視角、知
識分子等系列切入，以多元豐富的研究成果呈顯張文環身為跨地域、跨時代的日
治時期作家之重要性。

收錄篇目

【臺灣現當代作家研究資料彙編 7】龍瑛宗（1911～1999）

臺南：國立臺灣文學館

2011 年 3 月，18 開，381 頁

定價 360 元

龍瑛宗，男，本名劉榮宗，1911 年 8 月 25 日生，1999 年 9 月 26 日辭世，享年 89 歲。創作文類以小說為主，另有評論、新詩、劇本、隨筆等。作品呈現人道主義，體現作家孤獨與哀愁的心路歷程。

本書收錄評述文章 12 篇，研究評論資料目錄收錄資料 574 筆。

編選人：陳萬益

臺灣大學中國文學系博士。曾任教於淡江大學與清華大學中國文學系、成功大學臺灣文學系，後任清華大學臺灣文學研究所教授兼所長。現為清華大學臺灣文學研究所榮譽教授。著有《金聖嘆的文學批評考述》、《晚明小品與明季文人生活》、《臺灣文學論說與記憶》等。

綜述摘要

本文將龍瑛宗一生創作分為四個階段，並回顧戰後對龍瑛宗的研究主題與範疇。從早先研究者對其代表作〈植有木瓜樹的小鎮〉的探討，至 1990 年代臺灣文學體制化的改變及作家之子整理其手稿、文物捐獻給臺灣文學館後，在大量史料的基礎上，對龍瑛宗小說文本及文學思想出現更多詮釋。20 世紀以龍瑛宗為主的三次會議更將作家的研究深化、廣化，開啟了可觀的研究視野。

收錄篇目

【臺灣現當代作家研究資料彙編 8】覃子豪（1912～1963）

臺南：國立臺灣文學館
2011 年 3 月，18 開，411 頁
定價 390 元

覃子豪，男，1912 年 1 月 12 日生，1963 年 10 月 10 日辭世，得年 52 歲。創作文類以詩為主，兼及論述和散文。作品落實其知性與抒情並重的理論主張，畢生致力現代詩的創作與教育推廣。

本書收錄評述文章 36 篇，研究評論資料目錄收錄資料 566 筆。

編選人：陳義芝

高雄師範大學國文學系博士。曾任《聯合報》副刊組主任、《聯合文學》主編、考試院典試委員。現任臺灣師範大學國文學系副教授。曾獲中山文藝新詩獎及散文獎、時報文學推薦獎、教育部文藝創作獎、中國文藝協會文藝獎章（文學獎）等。

綜述摘要

本文說明覃子豪身為 1950 年代的傑出詩人，其詩作抒情韻致又有知性之美；同時，也因主編詩刊及主持詩歌函授教學而具有詩壇領袖的地位。研究評論方面，覃子豪詩集及詩論中的自序、題記，提供研究者了解其思想與詩觀的基座，而文友和詩壇後輩的感懷文章、作品評析，以及與紀弦、蘇雪林的兩次文學論戰則是線索，奠定了覃子豪在臺灣文學史上不可忽視的貢獻。

收錄篇目

【臺灣現當代作家研究資料彙編 9】紀弦（1913～2013）

臺南：國立臺灣文學館

2011 年 3 月，18 開，414 頁

定價 390 元

紀弦，男，本名路逾，1913 年 4 月 27 日生，2013 年 7 月 22 日辭世，享年 100 歲。創作文類以詩為主，兼及散文。曾成立「現代派」，主張「新詩是橫的移植，而非縱的繼承」，對臺灣現代詩發展影響深遠。

本書收錄評述文章 17 篇，研究評論資料目錄收錄資料 574 筆。

編選人：須文蔚

政治大學新聞學系博士，現任東華大學華文文學系教授兼系主任。曾獲中國文藝學會優秀青年詩人獎、詩運獎、創世紀詩刊詩獎、五四獎（青年文學獎）、中國文藝協會文藝獎章（文學評論獎）。

綜述摘要

本文從三個議題進行探討，分別為：1.紀弦開創 1950 年代臺灣現代主義詩學的貢獻與局限；2.紀弦詩作的風格與譯作評論；3.紀弦於現代文學史的評價。文末建議未來可從華文文學的視角、1980 至 1990 年代僑居地對華美文學的影響或文學傳播途徑等方向進行紀弦的相關研究。

收錄篇目

【臺灣現當代作家研究資料彙編 10】呂赫若（1914～1951）

臺南：國立臺灣文學館
2011 年 3 月，18 開，378 頁
定價 360 元
呂赫若，男，本名呂石堆，1914 年 8 月 25 日生，1951 年前後失蹤，下落不明，得年約 38 歲。創作文類以小說為主，作品反映社會現實。為跨語言一代作家中很早使用中文創作者。
本書收錄評述文章 14 篇，研究評論資料目錄收錄資料 467 筆。

編選人：許俊雅

臺灣師範大學國文學系博士。曾任國家文藝獎評審委員、臺灣筆會及巫永福、吳濁流基金會董事等，現任臺灣師範大學國文學系教授兼系主任。曾獲第 17 屆巫永福文學評論獎、2008 年臺灣文獻推廣傑出貢獻獎。著有《日據時期臺灣小說研究》、《臺灣文學論：從現代到當代》、《島嶼容顏：臺灣文學評論集》等。

綜述摘要

本文前半部分說明呂赫若相關評論始於〈牛車〉，且當時的評價深受時局影響，再度受到關注已經是 1970 年代末，1990 年後方有深入的研究開展。後半部分就目前研究概況觀察，分為其生平與思想、音樂劇活動、面對「現代化」的認知與態度等五個面向陳述。最後期許有其他文本出土，以開啟新一波的研究深度。

收錄篇目

【臺灣現當代作家研究資料彙編 11】鍾理和（1915～1960）

臺南：國立臺灣文學館

2011 年 3 月，18 開，414 頁

定價 390 元

鍾理和，男，1915 年 12 月 15 日生，1960 年 8 月 4 日辭世，得年 45 歲，被稱為「倒在血泊中的筆耕者」。創作文類以小說和散文為主，身為跨戰爭前後世代的作家之一，作品中傳達韌性與社會的關懷。

本書收錄評述文章 15 篇，研究評論資料目錄收錄資料 842 筆。

編選人：應鳳凰

美國德州大學奧斯汀校區東亞系文學博士。曾任《中國時報·人間副刊》編輯、德州大學東亞系助理講師、成功大學臺灣文學系副教授、臺北教育大學臺灣文化研究所教授，現已退休，專事寫作。

綜述摘要

本文將鍾理和研究史按年代、研究面向分項敘述。研究者至 1960 年代中期才開始對其身世與作品精神進行探討，1970 年代《鍾理和全集》的出版，提供大量的史料，雜誌也紛紛以「專題」的形式探討其作品，1990 年代後，碩博士的論文研究漸多，議題走向深化，除延續 1980 年代原鄉與鄉土、客家等角度外，鍾理和與魯迅的關聯性、疾病書寫、文本分析等，呈現出多元的研究面向。

收錄篇目

【臺灣現當代作家研究資料彙編 12】琦君（1917～2006）

臺南：國立臺灣文學館
2011 年 3 月，18 開，434 頁
定價 410 元

琦君，女，本名潘希珍，1917 年 7 月 24 日生，2006 年 6 月 7 日辭世，享年 89 歲。創作文類豐富，包括散文、小說、論述、兒童文學、翻譯等。文字流暢不加雕琢，富有中國傳統溫柔敦厚之氣質。

本書收錄評述文章 28 篇，研究評論資料目錄收錄資料 1067 筆。

編選人：周芬伶

東海大學中國文學系碩士。曾任東海大學中國文學系講師、副教授。現任東海大學中國文學系教授。著有散文集《絕美》、《熱夜》等；小說《妹妹向左轉》、《影子情人》等。曾獲《聯合報》散文獎、中山文藝散文獎、中國文藝協會文藝獎章、吳魯芹散文獎、吳濁流小說獎、臺灣文學獎首屆散文金典獎。

綜述摘要

本文為破除琦君研究的典律化迷思，從時代背景、作品風格等方面探究琦君的散文與相關研究。全文共七段：1.前言——琦君的寫作年代；2.溫柔敦厚——抒情美文的典範；3.舊箱子也是金盒子——傳統底下的個人才華；4.詞人之眼——不用力看的關鍵；5.從母性到女性——身世之痛與女性意識；6.文學史的地位——所謂閨秀散文；7.結語——女性哲思。

收錄篇目

【臺灣現當代作家研究資料彙編 13】林海音（1918～2001）

臺南：國立臺灣文學館
2011 年 3 月，18 開，465 頁
定價 440 元

林海音，女，本名林含英，1918 年 3 月 18 日（農曆）生，2001 年 12 月 1 日辭世，享年 84 歲。創作文類以小說和散文為主，兼及兒童文學。筆調清新流暢，文字平淺典雅，淡淡幾筆就十分動人。

本書收錄評述文章 18 篇，研究評論資料目錄收錄資料 1197 筆。

編選人：張瑞芬

東吳大學中國文學系博士，現任逢甲大學中國文學系教授。著有《未竟的探訪——瞭望文學新版圖》、《五十年來臺灣女性散文‧評論篇》、《狩獵月光——當代文學及散文論評》、《臺灣當代女性散文史論》、《胡蘭成、朱天文與「三三」——臺灣當代文學論集》、《鳶尾盛開——文學評論與作家印象》等。

綜述摘要

本文先簡述林海音的生平以及相關研究資料，依時間歷程相互參照，認為其少見的閩客混血身分與多國經驗的成長背景，促使林海音能夠在兩岸之間搭起文學的溝通平臺。再敘有關其作品的評論文章，並指出在相關研究中，林海音的小說似較散文更受到評論者青睞。最後以其女性意識、文學傳承與定位作結，強調林海音作為作者、編輯之於兩岸文學的推動，和對於臺灣現當代文壇的重要影響。

收錄篇目

【臺灣現當代作家研究資料彙編 14】鍾肇政（1925～）

臺南：國立臺灣文學館
2011 年 3 月，18 開，419 頁
定價 400 元

鍾肇政，男，1925 年 1 月 20 日生。創作文類以小說為主，兼及論述、散文、傳記。以長篇小說《濁流三部曲》及《臺灣人三部曲》完整呈現了日治時代臺灣人民的生活樣貌，為臺灣大河小說創作第一人。

本書收錄評述文章 16 篇，研究評論資料目錄收錄資料 1143 筆。

編選人：彭瑞金

高雄師範學院國文學系畢業。曾任高中國文教師、真理大學副教授。現任靜宜大學臺灣文學系教授暨臺灣研究中心主任、臺灣筆會理事長、《文學臺灣》主編。曾獲巫永福評論獎、臺灣新聞報文學獎、賴和文學獎、行政院文耕獎、客家文化貢獻獎、高雄市文藝獎等。

綜述摘要

本文說明鍾肇政作為戰後臺灣文學界產量最豐富的作家，衍生數量龐大的相關文獻。作品部分，以歷史小說最見特色，彰顯其臺灣作家的深層靈魂；雜文、書信見證了其推動臺灣文學的奮鬥史。相關研究資料中，訪談、對談資料多產於 1970 年代以後，恰反映了臺灣文學本土化的歷程，其中不乏針對作品的嚴肅對談、討論紀錄，具有相當研究價值。文末指出目前的鍾肇政研究多屬探索其時代的外延研究，期許未來有更多研究重新深掘鍾肇政的文學作品。

收錄篇目

【臺灣現當代作家研究資料彙編 15】葉石濤（1925～2008）

臺南：國立臺灣文學館

2011 年 3 月，18 開，449 頁

定價 420 元

葉石濤，男，1925 年 11 月 1 日生，2008 年 12 月 11 日辭世，享年 84 歲。創作文類以小說和評論為主，兼及隨筆、翻譯。其小說注重本土精神和歷史經驗，描寫人類生存的困境、追求救贖或解脫之道。

本書收錄評述文章 21 篇，研究評論資料目錄收錄資料 1259 筆。

編選人：彭瑞金

高雄師範學院國文學系畢業。曾任高中國文教師、真理大學副教授。現任靜宜大學臺灣文學系教授暨臺灣研究中心主任、臺灣筆會理事長、《文學臺灣》主編。曾獲巫永福評論獎、臺灣新聞報文學獎、賴和文學獎、行政院文耕獎、客家文化貢獻獎、高雄市文藝獎等。

綜述摘要

本文前半部分介紹葉石濤中學開始創作，一出道即捲入日治時期臺灣文壇兩大陣營的紛爭，形成其成為臺灣文學史家的契機，並描述戰後其文學生命的波瀾起伏。後半部分析介葉石濤文學研究概況，指出葉本身即為評論大家，他人難於就其作品提出比作家自述更具說服力的說法，因此評論資料多為詮釋、整理性質，故本書選文以「人情」文章為主，旨在期待葉石濤的文學知音親登這座文學高山，並期許未來出現理想的「登山指南」。

收錄篇目

【臺灣現當代作家研究資料彙編 16】張我軍（1902～1955）

臺南：國立臺灣文學館
2012 年 3 月，18 開，332 頁
定價 320 元

張我軍，男，本名張清榮，1902 年 10 月 7 日生，1955 年 11 月 3 日辭世，得年 54 歲。創作文類有評論、詩、小說及翻譯。積極倡導以白話文改造臺灣語言，勇於破舊立新，為臺灣新文學運動的先鋒。

本書收錄評述文章 21 篇，研究評論資料目錄收錄資料 448 筆。

編選人：許俊雅

臺灣師範大學國文學系博士。曾任國家文藝獎評審委員、臺灣筆會及巫永福、吳濁流基金會董事等，現任臺灣師範大學國文學系教授兼系主任。曾獲第 17 屆巫永福文學評論獎、2008 年臺灣文獻推廣傑出貢獻獎。著有《日據時期臺灣小說研究》、《臺灣文學論：從現代到當代》、《島嶼容顏：臺灣文學評論集》等。

綜述摘要

本文以張我軍致楊雲萍信件為發軔，側寫其純誠的理想及對人深切真誠的關懷，進而論述張我軍研究歷程，提出若以 2000 年為界，大抵可見前後研究重心。2000 年以前聚焦張我軍生平、作品、新舊文學論戰和與魯迅的關係；2000 年以降則著重於舊體詩作的發掘、在中國的日語教學及文學翻譯等活動。

收錄篇目

【臺灣現當代作家研究資料彙編 17】潘人木（1919～2005）

臺南：國立臺灣文學館

2012 年 3 月，18 開，405 頁

定價 380 元

潘人木，女，本名潘寶琴，後改名潘佛彬，1919 年 2 月 28 日生，2005 年 11 月 3 日辭世，享年 86 歲。創作文類有小說、散文及兒童文學，有「兒童文學掌門人」之尊稱，作品善於細膩描繪人與時代的關係。

本書收錄評述文章 28 篇，研究評論資料目錄收錄資料 296 筆。

編選人：林武憲・應鳳凰

林武憲／嘉義師範學校畢業。曾任新港國小教師、省教育部中華兒童百科全書特約編輯。現已退休，專事寫作與兒童文學研究。曾獲中國文藝協會文藝獎章（兒童文學獎）、教育部兒童文學創作散文首獎。

應鳳凰／美國德州大學奧斯汀校區東亞系文學博士。曾任《中國時報・人間副刊》編輯、德州大學東亞系助理講師、成功大學臺灣文學系副教授、臺北教育大學臺灣文化研究所教授，現已退休，專事寫作。

綜述摘要

本文首先簡述潘人木創作歷程，藉由梳理研究者對作家一般文學與兒童文學作品的評述文章，呈顯潘人木的文學成就及文學史上的定位問題；當中著重陳述潘人木創作與編輯的兒童作品之於臺灣兒童文學界的影響與貢獻。文末替潘人木因時代背景而被貼上「反共文學」的標籤平反，亦惋惜其未獲文學獎項肯定，期待未來能有更多研究發展與突破。

收錄篇目

【臺灣現當代作家研究資料彙編 18】周夢蝶（1921～2014）

臺南：國立臺灣文學館
2012 年 3 月，18 開，405 頁
定價 390 元

周夢蝶，男，本名周起述，1921 年 2 月 10 日生，2014 年 5 月 1 日辭世，享年 93 歲。創作文類以詩為主，用情真摯、深切，蘊含哲思，散發不為人間煙火所染的孤高與潔淨。

本書收錄評述文章 25 篇，研究評論資料目錄收錄資料 552 筆。

編選人：曾進豐

臺灣師範大學國文學系博士。現為高雄師範大學國文學系教授。曾獲國科會乙種補助。著有《聽取如雷之寂靜——想見詩人周夢蝶》、《經驗與超驗的詩性言說——岩上論》、《臺灣古典詩詞讀本》（合著）、《臺灣文學讀本》（合著）等書。

綜述摘要

本文前半部分描繪周夢蝶的飄泊身世與孤寂身影，進而梳理周夢蝶詩作在國內不同歷史階段以及海外被評者接受、詮釋的過程。最後點出對周詩的研究多停留在 1970 年代以前的作品，期許未來研究能夠對於其詩作主題進行更全面、深入的探勘與挖掘，並且與同時代詩人橫向對照比較，彰顯其在現代詩史上的意義。

收錄篇目

【臺灣現當代作家研究資料彙編19】柏楊（1920～2008）

臺南：國立臺灣文學館

2012年3月，18開，577頁

定價550元

柏楊，男，本名郭定生，改名郭立邦，後又改名郭衣洞，1920年生，2008年4月29日辭世，享年88歲。創作文類包括論述、詩、散文、小說、傳記、報導文學等，擅以尖銳筆觸諷刺社會百態。

本書收錄評述文章17篇，研究評論資料目錄收錄資料1586筆。

編選人：林淇瀁

政治大學新聞學系博士。現任臺北教育大學臺灣文化研究所教授、臺灣文學學會理事長、吳三連獎基金會祕書長。曾以詩集《亂》獲臺灣文學館2007臺灣文學獎「新詩金典獎」。著有《場域與景觀：台灣文學傳播現象再探》、《書寫與拼圖：臺灣文學傳播現象研究》、《迎向眾聲：八〇年代臺灣文化情境觀察》等。

綜述摘要

本文前半部分綜述柏楊的生命階段及在不同文體間轉換的歷程，肯定柏楊作為臺灣作家中的「雜家」，書寫領域跨度遠非其他作家能及。後半部分析介其研究資料，指出其評論資料繁多，足見柏楊在20世紀後半葉的影響力及重要性；然而其在十年牢獄後從文學轉向歷史論述，以「醬缸論」為思想核心批判傳統封建、現代極權的論述卻少有人研究，期許後繼研究者深入探掘。

收錄篇目

【臺灣現當代作家研究資料彙編 20】陳千武（1922～2012）

臺南：國立臺灣文學館

2012 年 3 月，18 開，503 頁

定價 490 元

陳千武，男，本名陳武雄，1922 年 5 月 1 日生，2012 年 4 月 30 日辭世，享年 90 歲。創作文類以詩為主，兼及論述、散文、小說、兒童文學及翻譯等。少作敏感悲愁，其後冷靜知性，具有抵抗現實的批判精神。本書收錄評述文章 21 篇，研究評論資料目錄收錄資料 922 筆。

編選人：阮美慧

成功大學中國文學系博士。現任東海大學中國文學系副教授。曾獲 2009 年巫永福文學評論獎。著有《戰後臺灣「現實詩學」研究——以「笠」詩社為考察中心》、《臺灣精神的回歸：六、七○年代臺灣現代詩風的轉折》、《笠詩社跨越語言一代詩人研究》，編有《洪醒夫全集》、《錦連全集》、《郭成義集》等。

綜述摘要

本文首先定義「跨越語言一代詩人」即：跨越了日本殖民臺灣與國民政府遷退來臺兩個時代，不僅書寫語言從日文轉為中文，自我認同也遭到扭轉。而後就陳千武的文學作品加以梳理，揭示其作為「跨越語言一代詩人」畢生的文學志業，及其作品的精神樣貌。最後從其詩學表現，歸納出三點特徵，並說明本書選文在陳千武詩作研究及詩論探討的研究價值。

收錄篇目

【臺灣現當代作家研究資料彙編 21】姚一葦（1922～1997）

臺南：國立臺灣文學館

2012 年 3 月，18 開，361 頁

定價 340 元

姚一葦，男，本名姚公偉，1922 年 4 月 5 日生，1997 年 4 月 11 日辭世，享年 75 歲。創作文類有論述、詩、散文、劇本及翻譯等。劇作結合中西手法，表達人生哲理及歷史省思。曾獲吳三連文藝獎。

本書收錄評述文章 26 篇，研究評論資料目錄收錄資料 434 筆。

編選人：王友輝

國立藝術學院（今臺北藝術大學）戲劇研究所劇本創作藝術碩士。現任臺東大學兒童文學研究所副教授。著有《資深戲劇家叢書——姚一葦》、《獨角馬與蝙蝠的對話》劇本選集（分劇場實驗、劇場旅程、劇場寓言、劇場童話四冊），編有《臺灣現代文學教程——戲劇讀本》（合編）。

綜述摘要

本文從四個面向勾畫姚一葦作為文學創作者、戲劇評論者、教育者等多樣面貌：「人」的部分從親友的觀察側寫其人格特質，呈顯其以「砂礫中找出鑽石」的期許，與盡心拉拔創作者的用心。「文」聚焦劇本創作，指出其非內省型的創作性格，期識者跳脫抽象理論，結合時代背景、社會情境賦予新詮。「理」肯定其為臺灣戲劇引入西方理論的貢獻。「育」則述及其對臺灣戲劇教育的理念及影響。

收錄篇目

【臺灣現當代作家研究資料彙編 22】林亨泰（1924～）

臺南：國立臺灣文學館
2012 年 3 月，18 開，395 頁
定價 360 元

林亨泰，男，1924 年 12 月 11 日生。創作文類以論
述、詩為主。詩作融匯現代與鄉土精神，以冷靜知性
的筆調關注社會現實。為《笠》詩刊發起人之一。

本書收錄評述文章 26 篇，研究評論資料目錄收錄資
料 460 筆。

編選人：呂興昌

臺灣大學中國文學系碩士。曾任成功大學中國文學系教授與臺灣文學系教授兼系
主任。現任成功大學臺灣文學系兼任教授。著有《臺灣詩人研究論文集》，編有
《許丙丁作品集》、《臺語文學運動論文集》、《水蔭萍作品集》等。

綜述摘要

本文析介林亨泰生平、文學研究資料，依評述性質和評述標的分為三類：「林亨
泰其人」類別以回憶、自述為主，又以女兒林巾力所撰《福爾摩莎詩哲林亨泰》
最為可讀。「座談與受訪」析介從大量訪談資料中擇選出的兩篇訪問。「林亨泰詩
與詩論」則以年代分界檢視林亨泰文學的接受過程。結語指出林詩與日本現代詩
之間的關係少有討論，有待熟諳日文、臺日現代詩的專家深入研究。

收錄篇目

【臺灣現當代作家研究資料彙編 23】聶華苓（1925～）

臺南：國立臺灣文學館
2012 年 3 月，18 開，403 頁
定價 380 元

聶華苓，女，1925 年 1 月 11 日生。創作文類有小說、散文及翻譯等。早期小說寫實，後轉現代主義，散文多以生活經驗為出發。曾於愛荷華主持「國際寫作計畫」，對國際文化、文學交流貢獻卓著。
本書收錄評述文章 24 篇，研究評論資料目錄收錄資料 497 筆。

編選人：應鳳凰

美國德州大學奧斯汀校區東亞系文學博士。曾任《中國時報·人間副刊》編輯、德州大學東亞系助理講師、成功大學臺灣文學系副教授、臺北教育大學臺灣文化研究所教授，現已退休，專事寫作。

綜述摘要

本文前半部以大陸時期、臺灣時期、愛荷華時期為分期，述說聶華苓生平及創作歷程，後半部概述聶華苓研究分期及評論，以臺灣早期的相關研究、《桑青與桃紅》相關研究進行討論，最後說明本書選文兼顧學術性與可讀性的準則，且依「研究評論資料」編排方式排序。

收錄篇目

【臺灣現當代作家研究資料彙編 24】朱西甯（1926～1998）

臺南：國立臺灣文學館
2012 年 3 月，18 開，366 頁
定價 350 元
朱西甯，男，本名朱青海，1926 年 6 月 16 日生，1998 年 3 月 22 日辭世，享年 72 歲。創作文類以小說為主，兼及散文。作品多寫軍中體驗、鄉土情懷，風格寫實，對人情世故刻畫深刻。
本書收錄評述文章 13 篇，研究評論資料目錄收錄資料 496 筆。

編選人：陳建忠

清華大學中國文學系博士。清華大學臺灣文學研究所教授。曾獲竹塹文學獎文學評論獎、中央日報文學獎文學評論獎、巫永福文學評論獎、文建會培土計畫獎助等。

綜述摘要

本文將朱西甯的小說分為反共、鄉土以及現代三種創作類型，分別闡述作家本人與評論者對其以戰爭、軍旅為創作主題的反共小說所展現的不同見解，說明其懷鄉小說對中國文化的思考與批判，以及現代小說中實驗性的書寫方式。最後，總結朱西甯的文學研究在討論其美學成就之餘，也應結合作家生平經歷、政治思想、文化理念以及宗教信仰，也許才能夠兼顧主體的複雜性。

收錄篇目

【臺灣現當代作家研究資料彙編 25】楊喚（1930～1954）

臺南：國立臺灣文學館
2012 年 3 月，18 開，370 頁
定價 350 元

楊喚，男，本名楊森，1930 年 9 月 7 日生，1954 年 3 月 7 日辭世，得年 24 歲。創作文類以詩為主，兼及散文。詩可分為抒情詩與兒童詩，前者優美，後者帶有童話節奏、活潑想像，散文顯現作者誠摯的情感。本書收錄評述文章 23 篇，研究評論資料目錄收錄資料 396 筆。

編選人：須文蔚

政治大學新聞學系博士，現任東華大學華文文學系教授兼系主任。曾獲中國文藝學會優秀青年詩人獎、詩運獎、創世紀詩刊詩獎、五四獎（青年文學獎）、中國文藝協會文藝獎章（文學評論獎）。

綜述摘要

本文以楊喚作品出版與生平、楊喚兒童詩以及楊喚抒情詩的三個面向切入，分析臺灣當代對楊喚研究的議題、涵義與可能，點出楊喚生平研究多從友人追悼文纂寫而成，作品研究評述則多聚焦兒童詩，建議未來研究方向可朝楊喚抒情詩與散文成就書寫。

收錄篇目

【臺灣現當代作家研究資料彙編 26】鄭清文（1932～2017）

臺南：國立臺灣文學館
2012 年 3 月，18 開，460 頁
定價 440 元

鄭清文，男，1932 年 9 月 16 日生，2017 年 11 月 4
日辭世，享年 85 歲。創作文類以小說及兒童文學為
主，文字平淡樸實，多以變動時代的小人物以及童年
時期的故鄉為創作主題。

本書收錄評述文章 30 篇，研究評論資料目錄收錄資
料 656 筆。

編選人：李進益

中國文化大學中國文學系博士。曾任花蓮教育大學臺灣語文學系教授兼系主任、東
華大學臺灣文化學系教授，現任東華大學華文文學系教授。著有《繼承與創新——
論鄭清文的文學世界》；編有《花蓮縣民間文學集》（二冊）等。

綜述摘要

本文指出鄭清文的創作手法習自海明威「冰山理論」，使用簡潔明瞭的文字刻畫
複雜多變的人性，並始終以臺灣作為創作的泉源和對象。相關討論文章除了作
家、文友、學者的推介與序文，也有不少訪談、座談與研討會紀錄。鄭清文在兒
童文學也有突出的成績，相關研究不少。學術論文則主要集中在 2000 年以後，
以小說研究為主，並有多篇文章援引西方理論深化此一研究。

收錄篇目

【臺灣現當代作家研究資料彙編 27】李喬（1934～）

臺南：國立臺灣文學館
2012 年 3 月，18 開，421 頁
定價 410 元
李喬，男，本名李能棋，1934 年 6 月 15 日生。創作文類以小說為主，兼及論述、散文。短篇小說以現代主義技法演繹生之悲苦，長篇代表作《寒夜三部曲》則勾勒出臺灣人四百年的苦難歷史和人性尊嚴。
本書收錄評述文章 23 篇，研究評論資料目錄收錄資料 860 筆。

編選人：彭瑞金

高雄師範學院國文學系畢業。曾任高中國文教師、真理大學副教授。現任靜宜大學臺灣文學系教授暨臺灣研究中心主任、臺灣筆會理事長、《文學臺灣》主編。曾獲巫永福評論獎、臺灣新聞報文學獎、賴和文學獎、行政院文耕獎、客家文化貢獻獎、高雄市文藝獎等。

綜述摘要

本文前半部分析李喬不同類型創作及進程，指出其短篇小說為個人生命本質的沉思，至長篇與土地尋求連結，並在 1980 年代後期之後著力於文學論述，顯見其對文化投注之深。編者指出「批評的批評」本不容易，針對李喬論述部分的評論文章較不全，此部分以其自述為主。最後指出本冊收錄的選文與已出版的兩本李喬彙編或有重疊，收錄考量旨求呈現不同年代、不同區塊的李喬文學風貌，盡可能掌握其創作脈絡。

收錄篇目

【臺灣現當代作家研究資料彙編 28】姜貴（1908～1980）

臺南：國立臺灣文學館

2013 年 12 月，18 開，330 頁

定價 310 元

姜貴，男，本名王意堅，後改名王林渡，1908 年 11 月 3 日生，1980 年 12 月 17 日辭世，享年 73 歲。創作文類以小說為主，尤以長篇居多。其作以雄渾樸實的筆調，深入刻畫時代與社會樣貌。

本書收錄評述文章 25 篇，研究評論資料目錄收錄資料 413 筆。

編選人：應鳳凰

美國德州大學奧斯汀校區東亞系文學博士。曾任《中國時報・人間副刊》編輯、德州大學東亞系助理講師、成功大學臺灣文學系副教授、臺北教育大學臺灣文化研究所教授，現已退休，專事寫作。

綜述摘要

本文由姜貴生平中最重要的一部小說《旋風》的出版歷程談起，探討 1950 年代、1960 年代、1980 年代三個時期對《旋風》不同研究面向。1950 年代可從評論集《懷袖書》中見當時文人作家對《旋風》的評論觀點；1960 年代由海外學者開啟對《旋風》的重視；1980 年代，被定義為反共文學代表作的《旋風》在兩岸引發廣大討論，充分展現出雙方文學觀的差異。另外，《旋風》內的人物是否指涉姜貴的家族與家鄉？也是跨越時代、至今仍熱議的問題。

收錄篇目

【臺灣現當代作家研究資料彙編 29】張秀亞（1919～2001）

臺南：國立臺灣文學館

2013 年 12 月，18 開，442 頁

定價 420 元

張秀亞，女，1919 年 9 月 16 日生，2001 年 6 月 29
日辭世，享年 82 歲。創作文類以散文為主，兼及
詩、小說、翻譯及評論。作品追求真、善、美，承接
「美文」書寫傳統，為臺灣現當代散文審美的典範。
本書收錄評述文章 27 篇，研究評論資料目錄收錄資
料 1080 筆。

編選人：封德屏

淡江大學中國文學系博士。現任文訊雜誌社社長兼總編輯、臺灣文學發展基金會
董事長、紀州庵文學森林館長。曾獲中國文藝協會文藝工作獎、行政院新聞局金
鼎獎最佳編輯獎、金鼎獎特別貢獻獎。曾主持《臺灣文學年鑑》、《臺灣作家作品
目錄》、「臺灣現當代作家評論資料目錄」等編纂計畫。

綜述摘要

本文第一部分簡述張秀亞生平、經歷及各文類的創作，指出張以散文創作及理論
創發最為可觀，並肯定《張秀亞全集》的出版與研討會對作家研究的具體貢獻。
第二部分針對張秀亞其人，由選錄文章呈現出作家的生活面貌及文學歷程。第三
部分說明作家的創作觀，從自述文章直觀作家對於各文類的創作態度與理念。第
四部分分論張秀亞在散文、小說、詩、翻譯等領域的創發，指出其在現代散文理
論與實踐上做出的創見，也期許對於張秀亞的文學研究能有更多更精細的開闢。

收錄篇目

【臺灣現當代作家研究資料彙編 30】陳秀喜（1921～1991）

臺南：國立臺灣文學館
2013 年 12 月，18 開，350 頁
定價 330 元

陳秀喜，女，1921 年 12 月 15 日生，1991 年 2 月 25
日辭世，享年 70 歲。創作文類以詩為主，兼及小
說、雜文與翻譯。作品意象鮮明、風格清朗，多以草
木或日常生活為素材，富有鄉土情懷及民族意識。
本書收錄評述文章 28 篇，研究評論資料目錄收錄資
料 489 筆。

編選人：阮美慧

成功大學中國文學系博士。現任東海大學中國文學系副教授。曾獲 2009 年巫永
福文學評論獎。著有《戰後臺灣「現實詩學」研究——以「笠」詩社為考察中
心》、《臺灣精神的回歸：六、七○年代臺灣現代詩風的轉折》、《笠詩社跨越語言
一代詩人研究》，編有《洪醒夫全集》、《錦連全集》、《郭成義集》等。

綜述摘要

本文首先說明陳秀喜因具有「跨越語言一代作家」與「女性詩人」的身分，得以
在臺灣文學研究占有一席之地，並針對其在臺灣文學／女性詩人／家國、民族等
脈絡中的發展，分別爬梳近年的研究概況及其在文學史上的意義。而後分別探討
陳秀喜參與「笠」詩社期間對於文壇的重要影響，和其詩作主題的分析研究，並
總結陳秀喜詩作具有濃厚的自傳性書寫，因而能在詩壇中獨樹一格。

收錄篇目

【臺灣現當代作家研究資料彙編 31】艾雯（1923～2009）

臺南：國立臺灣文學館

2013 年 11 月，18 開，344 頁

定價 330 元

艾雯，女，本名熊崑珍，1923 年 8 月 11 日（農曆）生，2009 年 8 月 27 日辭世，享年 86 歲。創作文類以散文為主，兼及小說與兒童文學。作品融合抒情和哲理，文字雋永，帶動第一代女性散文創作風氣。

本書收錄評述文章 28 篇，研究評論資料目錄收錄資料 324 筆。

編選人：王鈺婷

成功大學臺灣文學系博士。現任清華大學臺灣文學研究所副教授。曾獲府城文學評論獎、臺灣文學研究論文獎助等。著有《女聲合唱——戰後臺灣女性作家群的崛起》、《身體、性別、政治與歷史》等。

綜述摘要

本文從作家自述、文友印象與訪談作為理解艾雯生平及創作歷程的途徑。文中指出艾雯研究在臺灣方面，1950 年代女性文學研究以女性創作與臺灣新故鄉的兩種角度，突破反共文學時期女性文學的史觀，開啟其研究的新格局；中國方面，則以懷舊散文角度定位其作品風格。文末建議未來研究可多從小說與兒童文學部分進行探究。

收錄篇目

【臺灣現當代作家研究資料彙編 32】王鼎鈞（1925～）

臺南：國立臺灣文學館

2013 年 12 月，18 開，407 頁

定價 390 元

王鼎鈞，男，1925 年 4 月 4 日生。創作文類以散文為大宗，兼及論述、詩、小說等。其散文擅以生活化的語言文字，穿插歷史典故、民間俗諺及自身經驗，藉由象徵、寄寓的方式傳達人生哲理。

本書收錄評述文章 17 篇，研究評論資料目錄收錄資料 944 筆。

編選人：張春榮

臺灣師範大學國文學系博士。曾任教於警察大學、中正理工學院、清華大學、淡江大學、實踐大學等，現任臺北教育大學語文與創作學系教授。曾獲中外文學散文獎、中華日報文學獎、省政府處徵選散文獎、臺灣新聞報散文獎、中國語文獎章、《中央日報》文學獎、中國文藝協會文學評論獎等。

綜述摘要

本文前半部分從專書、學位論文及期刊論文分析王鼎鈞研究現況，後半部分展望未來研究。文中說明在研究議題上，王鼎鈞早年散見各報的文章值得爬梳深究，另也建議就敘事、意象、風格、宗教等議題擇一聚焦，深入分析；研究方法上，建議在既有材料的分類歸納之外，積極從作品內外探求材料，加以衍譯；在方法學上也可借用敘述學、符號學、語言學等當代批評理論，加深理解、重新闡發。

收錄篇目

【臺灣現當代作家研究資料彙編 33】洛夫（1928～）

臺南：國立臺灣文學館

2013 年 12 月，18 開，548 頁

定價 510 元

洛夫，男，本名莫洛夫，1928 年 5 月 11 日生。創作文類以詩為主，次及散文、評論和翻譯。詩作意象繁複濃烈，語言奇詭冷肅，其語言表現與技巧實驗推進了臺灣現代詩的發展。

本書收錄評述文章 17 篇，研究評論資料目錄收錄資料 1415 筆。

編選人：劉正忠

臺灣大學中國文學系博士。曾任清華大學中國文學系副教授。現任臺灣大學中國文學系副教授。曾獲梁實秋文學獎散文創作獎及翻譯獎、時報文學獎新詩評審獎、聯合報文學獎散文首獎暨新詩首獎、臺北文學獎散文評審獎暨新詩評審獎等。著有詩集《意氣草》、《暗中》等。

綜述摘要

本文以時序分段闡述洛夫的創作及批評進程，領讀者穿越多音並起的歷史現場，再現洛夫的爭議性。文章以 1960 年代與余光中的爭戰為開場，述及 1970 年代詩社間的砲火隆隆，繪出早期詩論與創作緊密相關的批評模式。其後分析洛夫研究的學術化歷程，指出其詩晦澀的特質使之成為各種批評方法的絕佳試金石。文末說明 1980 年代後洛夫漸為中國學界重視，過往評選集中，陸、港、澳學者多占半數，本冊彙編則著重臺灣批評脈絡，意在建立洛夫研究史的基本軸線。

收錄篇目

【臺灣現當代作家研究資料彙編 34】余光中（1928～2017）

臺南：國立臺灣文學館

2013 年 12 月，18 開，671 頁

定價 640 元

余光中，男，1928 年 10 月 21 日生，2017 年 12 月 14
日辭世，享年 90 歲。創作文類以詩作、散文為主，
兼及評論與翻譯。創作題材多元，既富於時代氣息又
有高度藝術性，才華出眾，文采斐然。

本書收錄評述文章 22 篇，研究評論資料目錄收錄資
料 2936 筆。

編選人：陳芳明

美國華盛頓州州立大學歷史學系博士候選人。曾任美國《臺灣文化》總編輯、靜
宜大學中國文學系教授、暨南國際大學中國語文學系教授、政治大學中國文學系
教授、政治大學臺灣文學研究所教授兼所長。現任政治大學講座教授。曾獲巫永
福評論獎、國科會甲種研究獎勵、金鼎獎雜誌類專欄寫作獎等。

綜述摘要

本文主要探討余光中詩的創作特色與風格，兼談散文、翻譯、批評領域的成就。
依臺北時期（1952～1974 年）、香港時期（1974～1985 年）、高雄時期（1985 年
～）區分余光中的創作歷程，分別概述其作品在各時期的變化，同時也以臺灣、
香港、中國的三種視野觀察相關評論，編選本書時也盡量以三個不同地區尋找較
具代表性的評論文章收錄。

收錄篇目

【臺灣現當代作家研究資料彙編 35】羅門（1928～2017）

臺南：國立臺灣文學館

2013 年 12 月，18 開，411 頁

定價 390 元

羅門，男，本名韓仁存，1928 年 11 月 20 日生，2017 年 1 月 18 日辭世，享年 89 歲。創作文類以詩為主，兼及散文與論述。詩作意象繁富、節奏跌宕有致，專注於心靈的探索，強調人的精神與生命。

本書收錄評述文章 11 篇，研究評論資料目錄收錄資料 1000 筆。

編選人：陳大為

臺灣師範大學國文學系博士。現任臺北大學中國文學系教授。曾獲中央日報文學獎、聯合報文學獎、臺北文學獎等。著有論述《存在的斷層掃描：羅門都市詩論》、《亞洲中文現代詩的都市書寫 1980-1999》、《中國當代詩史的典律生成與裂變》等，編有《馬華新詩史讀本 1957-2007》、《馬華散文史讀本 1957-2007》等。

綜述摘要

本文詳述羅門由存在主義源發的詩學思維辯證，參照羅門建立的詩學論述與其詩作實踐，清晰地辨認出羅門詩作中「悲劇意識」的哲學脈絡與其「第一自然」、「第二自然」、「第三自然」的創作理路。文末指出羅門詩作與理論建設皆展現了相當的思維深度及道德批判力量，且始終站在追求永恆的制高點上與各種思潮理論對話。

收錄篇目

【臺灣現當代作家研究資料彙編 36】商禽（1930～2010）

臺南：國立臺灣文學館

2013 年 12 月，18 開，315 頁

定價 300 元

商禽，男，本名羅顯烆，又名羅燕，1930 年 3 月 11 日生，2010 年 6 月 27 日辭世，享年 81 歲。創作文類以詩為主，其詩意象詭奇，從坎坷的人生經驗出發，以超現實手法暴露現實的陰暗悽楚。

本書收錄評述文章 16 篇，研究評論資料目錄收錄資料 528 筆。

編選人：林淇瀁

政治大學新聞學系博士。現任臺北教育大學臺灣文化研究所教授、臺灣文學學會理事長、吳三連獎基金會祕書長。曾以詩集《亂》獲臺灣文學館 2007 臺灣文學獎「新詩金典獎」。著有《場域與景觀：臺灣文學傳播現象再探》、《書寫與拼圖：臺灣文學傳播現象研究》、《迎向眾聲：八〇年代臺灣文化情境觀察》等。

綜述摘要

本文第一部分梳理商禽創作歷程，指出商禽超現實的詩世界與現實之間緊密交纏，並將商禽詩以其三本詩作分段，從抑鬱迂迴的超現實詩風，到社會思維浮現的寫實階段，最後鎔兩者為一爐，跳脫語言拘束，自由揮灑。第二部分綜理文學研究概況，指出碩博論文相對不足，缺少散文詩詩藝的探討，其詩作與超現實主義的相關討論也待強化。第三段說明商禽研究資料相對稀少，除因其詩作不多、語言難度高外，也與他長期位處邊緣有關，最後表明本冊彙編選文力求收入詩友、學者等各方視角，期透過相互詮解、對話，突顯商禽的文學史定位。

收錄篇目

【臺灣現當代作家研究資料彙編 37】瘂弦（1932～）

臺南：國立臺灣文學館

2013 年 12 月，18 開，443 頁

定價 430 元

瘂弦，男，本名王慶麟，1932 年 8 月 29 日生。創作文類以詩為主，兼及論述。作品融合中國古典文學及西方現代主義詩歌技巧，創造出兼具音樂性和意境美的獨特詩風。

本書收錄評述文章 24 篇，研究評論資料目錄收錄資料 888 筆。

編選人：陳義芝

高雄師範大學國文學系博士。曾任《聯合報》副刊組主任、《聯合文學》主編、考試院典試委員。現任臺灣師範大學國文學系副教授。曾獲中山文藝新詩獎及散文獎、時報文學推薦獎、教育部文藝創作獎、中國文藝協會文藝獎章（文學獎）等。

綜述摘要

本文指出詩人瘂弦以詩集《深淵》享譽詩壇，儘管之後轉而從事詩論、詩話、詩史研究、詩選編纂、詩運推動等工作，詩作數量不多，但其獨特美學與風格成就卻早已藉由文友們的描述與評介為人所知，研究者也試著從情感面向、受難美學、神魔書寫等角度進行全面性的評述。除此之外，瘂弦同時兼具學者、批評家等身分，在詩學研究方面的成果，也為研究者所重視。

收錄篇目

【臺灣現當代作家研究資料彙編 38】司馬中原（1933～）

臺南：國立臺灣文學館

2013 年 12 月，18 開，381 頁

定價 360 元

司馬中原，男，本名吳延玫，1933 年 2 月 2 日生。創作文類以小說為主，兼及散文、傳記。作品擅描寫現實與刻畫人物，具有歷史見證的意義，並以人道主義為圭臬，致力傳播人性良善的光輝。

本書收錄評述文章 21 篇，研究評論資料目錄收錄資料 415 筆。

編選人：鄭明娳

臺灣師範大學國文學系博士。曾任臺灣師範大學國文學系教授、東吳大學中國文學系教授，現已退休。曾獲國家文藝獎文藝理論類、中山文藝散文創作獎等。著有論述《現代散文類型論》、《當代文學氣象》、《古典小說藝術新探》等，編有《當代臺灣文學評論大系》、《當代臺灣女性文學論》、《當代臺灣政治文學論》等。

綜述摘要

本文重新檢視司馬中原的作品及相關論述，針對其小說「反共」、「懷鄉」、「通俗」的論調提出不同看法，以選錄文章說明司馬中原小說中所隱含的深度議題。在小說之外，本文也特別提到司馬中原的散文創作同樣可觀，有其獨到可究之處，可惜相關研究論述極少。整體而言司馬中原的研究論述偏少，還待更為全面性的研究。

收錄篇目

【臺灣現當代作家研究資料彙編 39】林文月（1933～）

臺南：國立臺灣文學館
2013 年 12 月，18 開，350 頁
定價 290 元
林文月，女，1933 年 9 月 5 日生。創作文類以散文、翻譯為主，兼及論述、傳記。散文作品生動自然、情感真摯，對生命具有濃厚的人文關懷。

本書收錄評述文章 21 篇，研究評論資料目錄收錄資料 466 筆。

編選人：何寄澎

臺灣大學中國文學系博士。曾任日本京都大學客座研究員、臺灣大學中國文學系教授暨系主任、臺灣大學臺灣文學研究所教授暨所長等。現為臺灣大學中國文學系名譽教授、考試院考試委員。著有論述《典範的遞承——中國古典詩文論叢》、《永遠的搜索——臺灣散文跨世紀觀省錄》、散文集《等待》。

綜述摘要

本文分為「散文創作」、「日本古典文學翻譯」、「學術論著」、「林文月論林文月」四部分。前三部分評述林文月在文學創作、翻譯及學術研究上的成就與創見，分別指出其散文觀照生命、胞與事物的關懷，其翻譯雅俗得宜、註解謹嚴及其學術論著達至言而有徵又動人的境界。第四部分簡述選錄林文月的自述文章，並點出其自述文章為林文月研究不可或缺之材料。總結林文月研究質量尚差強人意，而其近期散文風格有更迭變化的現象，有待論者精詳研究。

收錄篇目

【臺灣現當代作家研究資料彙編 40】鄭愁予（1933～）

臺南：國立臺灣文學館

2013 年 12 月，18 開，368 頁

定價 330 元

鄭愁予，男，本名鄭文韜，1933 年 12 月 4 日生。創作文類以詩為主，作品融合現代詩的技巧與古典詩的韻味，文字細緻、情感豐沛，善用散文、口語化的語言技巧構造詩句。

本書收錄評述文章 11 篇，研究評論資料目錄收錄資料 799 筆。

編選人：丁旭輝

中山大學中國文學系博士。曾任高雄應用科技大學文化事業發展系副教授兼系主任、人文社會學院院長。現任高雄應用科技大學文化創意產業學系教授。著有論述《臺灣現代詩圖像技巧研究》、《現代詩的風景與路徑》等。編有《臺灣詩人選集·余光中集》、《臺灣詩人選集·紀弦集》等。

綜述摘要

本文前半部分評述鄭愁予研究的相關論述，指出鄭愁予研究中「浪子氣質」、「古典風格」及「生命觀照」三個重要議題，並深入議題探討，點出具開拓空間的研究方向。後半部分簡述鄭愁予詩作音律性與節奏性的特色，並梳理其詩作入歌而為詞的情況，指出鄭愁予或為歌詞與文學兩領域匯通的契機，亦為研究面向的另一可能。

收錄篇目

【臺灣現當代作家研究資料彙編41】陳冠學（1934～2011）

臺南：國立臺灣文學館
2013 年 12 月，18 開，372 頁
定價 340 元

陳冠學，男，本名陳英俊，1934 年 2 月 1 日生，2011 年 7 月 6 日辭世，享年 77 歲。創作文類以論述、散文為主，兼及小說。作品以精練的筆觸、樸實的文字，記錄臺灣田園風光、自然之美。

本書收錄評述文章 33 篇，研究評論資料目錄收錄資料 228 筆。

編選人：陳信元（1953～2016）

中國文化大學中國文學系畢業。曾任出版社總編輯、發行人、南華大學出版學研究所副教授兼所長、南華大學編譯出版中心主任、臺灣師範大學、世新大學兼任副教授、佛光大學中國文學與應用學系副教授。曾獲國科會甲種研究獎勵、五四獎（文學活動獎）。

綜述摘要

本文說明陳冠學最重要的文學作品是 1981 年起創作的散文集《田園之秋》，此書主要描寫農家四周景物，反映臺灣土地之美，乃是作家以「不朽的高度」進行的創作，充分展現其「外儒內莊」的氣質。而有關陳冠學研究論述也多集中於《田園之秋》的分析，從內含寓意、語言手法、修辭藝術等皆有討論；但相對而言，其他作品的討論與研究較少。

收錄篇目

【臺灣現當代作家研究資料彙編 42】黃春明（1935～）

臺南：國立臺灣文學館
2013 年 12 月，18 開，464 頁
定價 450 元
黃春明，男，1935 年 2 月 13 日生。創作文類以小說
為主，兼及散文、詩與兒童文學。作品擅藉小人物為
生存的掙扎，揭示人性的善良，並刻畫出時代圖像，
記錄文明變遷中，消逝的美好傳統及淪喪的價值觀。
本書收錄評述文章 15 篇，研究評論資料目錄收錄資
料 1350 筆。

編選人：李瑞騰・梁竣瓘

李瑞騰／中國文化大學中國文學系博士。曾任中央大學中國文學系教授兼系主
任、臺灣文學館館長。現任中央大學中國文學系教授兼文學院院長。

梁竣瓘／中央大學中國文學系博士。曾任開南大學數位華語文學系主任。現任中
原大學應用華語文學系助理教授。

綜述摘要

本文從黃春明作品的出版與文學事件兩個角度切入，將其作品風格分為四時期：
「仙人掌」、「遠景」、「皇冠」、「聯合文學」，分別對應「發跡」、「暢銷」、「新電
影」與「總結」，梳理黃春明的創作歷程、研究論述的趨勢以及其文化活動三者
互動的有機過程。文末指出，黃春明因其豐富的文化工作經驗，單就其文本進行
研究仍嫌不足；其作品譯介至國外的影響也有待整理，期待未來出現跨領域的研
究，綜而論之，建構起更厚實的「黃學」。

收錄篇目

【臺灣現當代作家研究資料彙編 43】白先勇（1937～）

臺南：國立臺灣文學館
2013 年 12 月，18 開，567 頁
定價 490 元

白先勇，男，1937 年 8 月 16 日生。創作文類以小說為主，兼及散文、評論、劇本。作品融入古典與西方現代小說精髓，文筆簡練、風格含蓄深刻，為臺灣現代文學典範之一。

本書收錄評述文章 12 篇，研究評論資料目錄收錄資料 2411 筆。

編選人：柯慶明

臺灣大學中國文學系學士。曾任美國哈佛大學燕京社研究員、日本京都大學文學部招聘教授、《現代文學》雜誌主編等。現為臺灣大學中國文學系名譽教授、臺灣文學研究所兼任教授。著有論述《文學美綜論》、《現代中國文學批評述論》、《中國文學的美感》、《臺灣現代文學的視野》等。

綜述摘要

本文以時間的進程，說明白先勇文學研究的趨勢。1960 年代白先勇開始發表短篇小說時，即有顏元叔、夏志清等學者發表相關論述，是其短篇小說受容史的重要文獻；1970 年代，歐陽子《王謝堂前的燕子》以「新批評」進路分析《臺北人》的內涵與形式技巧，是最為深入周備的研究里程碑；1980 年代後，專注其作品某一面向的研究漸多，長篇小說《孽子》也因同志、酷兒理論的勃發而有更廣泛的研究。文末指出，除了「放逐」、「鄉愁」等「流離」情境的概念，「情慾」與中國「抒情」的傳統關聯，在白先勇研究中也是不可忽略的一個面向。

收錄篇目

【臺灣現當代作家研究資料彙編 44】白萩（1937～）

臺南：國立臺灣文學館

2013 年 12 月，18 開，437 頁

定價 420 元

白萩，男，本名何錦榮，1937 年 6 月 8 日生。創作文類以詩為主，兼及論述。多元的語言背景及文學主義激盪造就其詩風多變，打破語言的框限而使意象突出、韻味深刻。

本書收錄評述文章 19 篇，研究評論資料目錄收錄資料 519 筆。

編選人：林淇瀁

政治大學新聞學系博士。現任臺北教育大學臺灣文化研究所教授、臺灣文學學會理事長、吳三連獎基金會祕書長。曾以詩集《亂》獲臺灣文學館 2007 臺灣文學獎「新詩金典獎」。著有《場域與景觀：臺灣文學傳播現象再探》、《書寫與拼圖：臺灣文學傳播現象研究》、《迎向眾聲：八〇年代臺灣文化情境觀察》等。

綜述摘要

本文前半部梳理及肯定白萩求新求變的創作歷程，後半部分析白萩研究資料較少的原因，主要在於其具前衛性，中年以後創作日稀，又處邊陲所致。並說明彙編選文多著重探討白萩創作及語言上的突破，且特別指出，陳芳明將白萩定位為抒情傳統之外另闢蹊徑的知性詩人和朝向邊緣文化營造主體的本土詩人，允為對其詩藝最透澈的洞見。文末指出，白萩詩在詩體、語言、風格上不斷的變異，映照出其行過臺灣歷史不同階段，所歷經的衝擊與回應。

收錄篇目

【臺灣現當代作家研究資料彙編 45】陳若曦（1938～）

臺南：國立臺灣文學館

2013 年 12 月，18 開，400 頁

定價 380 元

陳若曦，女，本名陳秀美，1938 年 11 月 15 日生。創作文類以小說、散文為主。作品題材廣泛而多元，擅長處理較具爭議性的議題，堅持寫實主義路線，力求透過文字，展現出對於社會、人民的深切關懷。

本書收錄評述文章 18 篇，研究評論資料目錄收錄資料 778 筆。

編選人：陳信元（1953～2016）

中國文化大學中國文學系畢業。曾任出版社總編輯、發行人、南華大學出版學研究所副教授兼所長、南華大學編譯出版中心主任、臺灣師範大學、世新大學兼任副教授、佛光大學中國文學與應用學系副教授。曾獲國科會甲種研究獎勵、五四獎（文學活動獎）。

綜述摘要

本文將陳若曦的創作大致分為大學時期（1957～1962）、文革時期（1976～1978）、文革以後（1979～1984）、來臺定居（1995～2002）四個階段，並分析每個階段的創作風格及相關作品評論。自陳若曦大學期間嘗試運用西方文學技巧，逐漸確立寫實主義寫作，因為親眼目睹文化大革命而進行的創作，其後定居海外時針對海外華人生活的描寫，以及回到臺灣後，接觸佛教的感悟皆有所著墨。

收錄篇目

【臺灣現當代作家研究資料彙編 46】郭松棻（1938～2005）

臺南：國立臺灣文學館

2013 年 12 月，18 開，277 頁

定價 260 元

郭松棻，男，本名郭松芬，1938 年 8 月 27 日生，2005 年 7 月 9 日辭世，享年 67 歲。創作文類早期以哲學評論為主，後專志小說。其小說以凝練的詩化語言，直入幽微的心理層次。

本書收錄評述文章 14 篇，研究評論資料目錄收錄資料 157 筆。

編選人：張恆豪

東吳大學中國文學系碩士。曾任遠景出版公司總編輯，長期從事文學研究，現任《鹽分地帶文學》總編輯。曾獲巫永福文學評論獎。著有文學評論集《覺醒的島國——日治時代臺灣文學論集》，編有《火獄的自焚》、前衛版《臺灣作家全集》等書。

綜述摘要

本文前半部分簡述郭松棻生平經歷，回溯其從政治波瀾到以冷斂的作家之眼淬煉文學的跌宕折轉，並分析其研究資料，將之分為：1.專書著作 2.學位論文 3.散篇論述 4.針對某議題，以多位作家文本進行聯結、對蹠或比較 5.專訪和對談 6.年表；其中指出郭並無自傳、自述文章，因此訪談成為理解其生平及創作的重要途徑。後半部介紹本冊評論文章，並表明不論學院嚴謹研究或民間精銳評論皆不敢偏廢，期反映當前評論界多元的觀點。最後指出郭松棻小說分散於各家出版社，評論則多未集結出版，期待識者統整、出版《郭松棻全集》。

收錄篇目

【臺灣現當代作家研究資料彙編 47】七等生（1939～）

臺南：國立臺灣文學館

2013 年 12 月，18 開，387 頁

定價 370 元

七等生，男，本名劉武雄，1939 年 7 月 23 日生。創作文類以小說為主，兼及詩與散文。作品挖掘人性隱微，筆法結合現實與幻想，意象特意，敘事語言具散文化、詩化節奏，書寫致力抵達內在的真實與啟示。本書收錄評述文章 16 篇，研究評論資料目錄收錄資料 688 筆。

編選人：蕭義玲

臺灣師範大學國文學系博士。曾任東華大學、中興大學中國文學系助理教授、副教授。現任中正大學中國文學系教授。曾獲東海文藝獎、竹塹文學獎、梁實秋文學獎等。著有論述《理想情懷、現實頓挫與超越企求：陳子昂的書寫歷程與文學史意義》、《七等生及其作品詮釋：藝術·家園·自我認同》。

綜述摘要

本文從七等生作品詮釋的爭議處切入，深掘作品的核心隱喻，揭示「追尋自我」與「尋求他人認同」兩條其作並存的內在理路。面對此張力，七等生採用諸多個性類似的角色進行「自我敘事」來塑造自我，並利用偶然性的事件，來證成自我理念及對世界的質疑與抵抗。這樣自傳式寓言的寫作風格，造成詮釋者對其作品的焦慮與負評；卻也反映出了被制約的審美習慣。結論七等生極端個人化的創作風格，其實隱藏人類普遍性意義的「愛」的命題，對其作核心的開掘，其實也是對文學現代性的探問。

收錄篇目

【臺灣現當代作家研究資料彙編 48】王文興（1939～）

臺南：國立臺灣文學館

2013 年 12 月，18 開，398 頁

定價 380 元

王文興，男，1939 年 11 月 4 日生。創作文類以小說為主，兼及詩、散文。作品呈顯洞察人生、探尋真諦的現代主義特徵，具實驗性與創新性，文字肌理細緻，且富多重指涉，將漢文表達潛能推向另一高峰。本書收錄評述文章 15 篇，研究評論資料目錄收錄資料 725 筆。

編選人：易鵬

臺灣大學外國語文學系博士。曾任交通大學外國語文學系副教授。現任中央大學英美語文學系副教授。譯有《佛洛伊德與非歐裔》；編有《王文興手稿集》、《開始的開始》。

綜述摘要

本文針對王文興語言本質的問題，整理出主要研究取向，共分五層面進行探討。第一層直視其語言，指出賦予陳舊語言新生命的創新特色。第二層由文類出發，採用質疑現成語言的作法，以發覺新的表達方式。第三層為與文化、社會形式的關係，探討由外緣進入內容的路徑，所引發的延伸思考。第四層討論其作品中的宗教探索，其表現去除神話。第五層討論其作的翻譯工作，要求讀者忘卻正常標準的語言。最後則提出「時間主題」與「手稿研究」的新研究取向。

收錄篇目

【臺灣現當代作家研究資料彙編 49】王禎和（1940～1990）

臺南：國立臺灣文學館

2013 年 12 月，18 開，419 頁

定價 400 元

王禎和，男，1940 年 10 月 1 日生，1990 年 9 月 3 日辭世，得年 50 歲。創作文類以小說、論述為主，兼及翻譯與劇本。擅長用自然詼諧的語言技巧、幽默諷刺的筆調描寫小人物的生活。

本書收錄評述文章 19 篇，研究評論資料目錄收錄資料 641 筆。

編選人：許俊雅

臺灣師範大學國文學系博士。曾任國家文藝獎評審委員、臺灣筆會及巫永福、吳濁流基金會董事等，現任臺灣師範大學國文學系教授兼系主任。曾獲第 17 屆巫永福文學評論獎、2008 年臺灣文獻推廣傑出貢獻獎。著有《日據時期臺灣小說研究》、《臺灣文學論：從現代到當代》、《島嶼容顏：臺灣文學評論集》等。

綜述摘要

本文首先簡述王禎和於文壇的崛起和作品特色，指出目前研究多聚焦於作品內容和形式探索。其次從七個論述重點加以說明王禎和其人其作的研究概況，分別為：1.影響小說創作的因素 2.複雜多變的敘事觀點以及豐富多元的生動語言 3.語言風格影響戲謔、鬧劇的解讀 4.作品改寫與版本問題 5.小說改編為電影、劇本 6.小說人物形象的書寫 7.作家作品的比較。文末期許未來研究方向能再拓展。

收錄篇目

【臺灣現當代作家研究資料彙編 50】楊牧（1940～）

臺南：國立臺灣文學館

2013 年 12 月，18 開，433 頁

定價 410 元

楊牧，男，本名王靖獻，1940 年 9 月 6 日生。創作文類以詩、散文為主，兼論述、翻譯。前期受浪漫主義影響，後轉為人文關懷，作品融合中國古典文學與西洋文學藝術的文風，卓然成家。

本書收錄評述文章 16 篇，研究評論資料目錄收錄資料 987 筆。

編選人：須文蔚

政治大學新聞學系博士，現任東華大學華文文學系教授兼系主任。曾獲中國文藝學會優秀青年詩人獎、詩運獎、創世紀詩刊詩獎、五四獎（青年文學獎）、中國文藝協會文藝獎章（文學評論獎）。

綜述摘要

本文以楊牧生平研究、楊牧詩中浪漫主義精神、楊牧詩中抒情展現與變革以及楊牧散文研究四個面向進行探討。分析楊牧如何開創現代詩的典範，討論楊牧作品中詩入散文的韻味，以及入世的批判和哲理的思辨，文末提出如此多面向的作家，待未來研究者能以文學社會學的影響力進一步探索。

收錄篇目

【臺灣現當代作家研究資料彙編 51】蘇雪林（1896～1999）

臺南：國立臺灣文學館
2014 年 12 月，18 開，547 頁
定價 560 元

蘇雪林，女，原名蘇小梅。1896 年 2 月 24 日（農曆）生，1999 年 4 月 21 日辭世，享年 103 歲。創作文類以論述為主，亦有散文、小說、劇本、翻譯等。畢生鑽研屈賦與文學史研究。

本書收錄評述文章 18 篇，研究評論資料目錄收錄資料 1645 筆。

編選人：陳昌明

臺灣大學中國文學系博士。曾任成功大學文學院院長、國家臺灣文學館副館長、成功大學博物館館長、成功大學中國文學系教授等，現任成功大學中國文學系特聘教授。曾獲府城文學特殊貢獻獎。

綜述摘要

本文說明因政治與時代的關係，至作家晚年才有具體開展的評論，尤其是成大文學院成立的「蘇雪林教授學術文化基金會」，在文章與書信的出版品以及文物的整理方面，對海內外的研究有相當的影響。文中再以中國與臺灣碩博士論文、研討會論文集以及訪談等專書，綜述蘇雪林研究概況，在中國方面，因兩岸政經局勢的改變，蘇雪林研究論文逐年增加；在臺灣方面，因作家來臺後捨棄文學創作及被歸類為傳統保守一派，因此較少受到臺灣研究者關注。

收錄篇目

【臺灣現當代作家研究資料彙編 52】張深切（1904～1965）

臺南：國立臺灣文學館
2014 年 12 月，18 開，351 頁
定價 370 元

張深切，男，1904 年 8 月 19 日生，1965 年 11 月 8 日辭世，享年 62 歲。創作文類以小說、散文與劇本為主。作品反映殖民統治下，知識分子的處境與精神。曾以編導電影《邱罔舍》獲第一屆金馬獎特別獎。

本書收錄評述文章 33 篇，研究評論資料目錄收錄資料 273 筆。

編選人：陳芳明

美國華盛頓州州立大學歷史學系博士候選人。曾任美國《臺灣文化》總編輯、靜宜大學中國文學系教授、暨南國際大學中國語文學系教授、政治大學中國文學系教授、政治大學臺灣文學研究所教授兼所長。現任政治大學講座教授。曾獲巫永福評論獎、國科會甲種研究獎勵、金鼎獎雜誌類專欄寫作獎等。

綜述摘要

本文分為「歷史夾縫中的張深切」與「張深切的歷史評價」兩部分，概述張深切的生平經歷與後世評價。前半部分提出其意識形態、階級立場、行動實踐無法找到恰當依歸的原因；後半部分說明 1988 年《張深切全集》出版後，當代讀者才首度了解他的歷史軌跡，以及本書收錄選文分為張深切著作自序、親友所寫的回憶片段及後人發表的研究論文三部分，並簡述各篇選文的提要與價值。

收錄篇目

【臺灣現當代作家研究資料彙編 53】劉吶鷗（1905～1940）

臺南：國立臺灣文學館

2014 年 12 月，18 開，339 頁

定價 360 元

劉吶鷗，男，本名劉燦波，1905 年 9 月 22 日生，1940 年 9 月 3 日辭世，得年 35 歲。創作文類包括小說、電影劇本、翻譯、論述。作品展現前衛的藝術品味，著重美學表現，被稱為「新感覺派旗手」。

本書收錄評述文章 19 篇，研究評論資料目錄收錄資料 395 筆。

編選人：康來新・許秦蓁

康來新／美國印第安那大學東亞研究所文學碩士。曾任中央大學中國文學系教授、紅學研究室主持人。現任中央大學中國文學系兼任教授。

許秦蓁／中央大學中國文學系博士。現居海外。編有「劉吶鷗全集」、《劉吶鷗全集——增補集》、《劉吶鷗國際研討會論文集》（合編）。

綜述摘要

本文主要梳理劉吶鷗生平、藝術事業的相關研究。生平部分以「戰爭」（大事件）和「倫常」（小事件）兩方面交織出劉吶鷗藝術至上、世界主義的美學觀。藝術事業部分則敘述其在「文學」與「電影」藝術的成就與相關研究，於文學是新感覺小說的實踐者，於電影是印象派、蒙太奇的推介者。最後肯定以各種角度切入劉學的研究成果，呈顯出劉吶鷗豐實的生命史。

收錄篇目

【臺灣現當代作家研究資料彙編 54】謝冰瑩（1906～2000）

臺南：國立臺灣文學館
2014 年 12 月，18 開，423 頁
定價 430 元

謝冰瑩，女。1906 年 10 月 22 日生，2000 年 1 月 5
日辭世，享年 94 歲。創作文類以傳記、散文、小說
為主，兼及論述、兒童文學、報導文學等。作品風格
剛直無華、真摯細膩，傳達無窮熱情與頑強的精神。
本書收錄評述文章 18 篇，研究評論資料目錄收錄資
料 828 筆。

編選人：周芬伶

東海大學中國文學系碩士。曾任東海大學中國文學系講師、副教授。現任東海大
學中國文學系教授。著有散文集《絕美》、《熱夜》等；小說《妹妹向左轉》、《影
子情人》等。曾獲《聯合報》散文獎、中山文藝散文獎、中國文藝協會文藝獎
章、吳魯芹散文獎、吳濁流小說獎、臺灣文學獎首屆散文金典獎。

綜述摘要

本文綜述謝冰瑩的散文研究及其在文學史上的定位，從新文學初期的自傳書寫風
潮談起，並肯定其「女兵加上女史成就的文學」之空前價值。本文首先談自傳散
文的演變與女兵身分的性別解構，並點出其後漸趨保守的矛盾女權觀；後半段談
謝冰瑩旅遊散文的成就，並從其創作教學的理念分析創作觀。最後指出目前謝冰
瑩研究的局限，提出對後進研究者的期待。

收錄篇目

【臺灣現當代作家研究資料彙編 55】吳新榮（1907～1967）

臺南：國立臺灣文學館

2014 年 12 月，18 開，424 頁

定價 440 元

吳新榮，男，1907 年 10 月 12 日生，1967 年 3 月 27 日辭世，享年 61 歲。創作文類以詩與散文為主。作品帶有濃厚現實關懷與抗議精神，關注弱勢階級與本土文化傳統。

本書收錄評述文章 15 篇，研究評論資料目錄收錄資料 511 筆。

編選人：施懿琳

臺灣師範大學國文學系博士。曾任逢甲大學中國文學系、中正大學中國文學系副教授。現任成功大學中國文學系與臺灣文學系合聘教授。著有《從沈光文到賴和——臺灣古典文學的發展與特色》、《跨語、釘根、漂泊——臺灣新文學研究論集》等。編有《國民文選・傳統漢詩卷》。主持「全臺詩」編纂計畫。

綜述摘要

本文梳理吳新榮作品的出版狀況與研究進程，並依時間將其研究概況分為三個階段。第一階段為 1970 至 1989 年，多屬概略式的討論。第二階段為 1990 至 2006 年，是吳新榮作品的深入探索期，定位其詩作「左翼」、「多語言」的特色，學者論述、學位論文、研討會勃發，開始以諸多面向切入研究吳新榮的作品。第三階段為 2007 至 2014 年，《吳新榮日記全集》與《吳新榮先生百歲冥誕紀念集》的出版將其研究推上新的里程碑，研究者由吳新榮日記探索日治時期的臺灣人心靈圖像，是為一值得開發的研究議題。

收錄篇目

【臺灣現當代作家研究資料彙編 56】郭水潭（1908～1995）

臺南：國立臺灣文學館

2014 年 12 月，18 開，319 頁

定價 330 元

郭水潭，男，1908 年 2 月 7 日生，1995 年 3 月 9 日辭世，享年 88 歲。創作文類以日本短歌、新詩為主，兼有小說。其詩擅以平淡筆調素描，反映深刻的平民情感。

本書收錄評述文章 22 篇，研究評論資料目錄收錄資料 202 筆。

編選人：林淇瀁

政治大學新聞學系博士。現任臺北教育大學臺灣文化研究所教授、臺灣文學學會理事長、吳三連獎基金會祕書長。曾以詩集《亂》獲臺灣文學館 2007 臺灣文學獎「新詩金典獎」。著有《場域與景觀：臺灣文學傳播現象再探》、《書寫與拼圖：臺灣文學傳播現象研究》、《迎向眾聲：八〇年代臺灣文化情境觀察》等。

綜述摘要

本文第一段落簡述作者生平，惋惜郭水潭的文學創作在戰爭動盪、政治局勢及語言的轉變下停滯而告凋零，第二、第三段梳理其研究資料，指出郭水潭的作品數目、生平資料雖有限，但日文短歌、俳句數量豐富且具有研究價值，期許熟諳日文的研究者深入探究。最後慨歎郭與在文學光譜上分踞兩端的詩人楊熾昌皆在戰後逐漸被人遺忘，兩人若地下有知，恐怕要苦笑相對了。

收錄篇目

【臺灣現當代作家研究資料彙編 57】陳紀瀅（1908～1997）

臺南：國立臺灣文學館
2014 年 12 月，18 開，382 頁
定價 400 元

陳紀瀅，男，本名陳寄瑩，1908 年 3 月 20 日生，1997 年 5 月 22 日辭世，享年 90 歲。創作文類包含文藝論述、小說、散文等，尤以長篇小說為代表。前期以抗戰為題材，後期轉向文藝運動論述、雜文等。

本書收錄評述文章 29 篇，研究評論資料目錄收錄資料 382 筆。

編選人：應鳳凰

美國德州大學奧斯汀校區東亞系文學博士。曾任《中國時報・人間副刊》編輯、德州大學東亞系助理講師、成功大學臺灣文學系副教授、臺北教育大學臺灣文化研究所教授，現已退休，專事寫作。

綜述摘要

本文簡述陳紀瀅生平，並爬梳其文學階段：1940 年代之前在中國東北的郵務編採生涯；1950 年代來臺之後，所寫的《荻村傳》、《赤地》相關評論可見於《《荻村傳》評介文章》、《赤地論》二書，顯示作品反應之熱烈；1980 年代臺灣文學史的撰寫將陳紀瀅認定為反共文學的代表作家，《荻村傳》又再次受到矚目，並將此書與〈阿 Q 正傳〉作比較；1990 年代開始以傷痕文學的角度探討其文學作品。

收錄篇目

【臺灣現當代作家研究資料彙編58】巫永福（1913～2008）

臺南：國立臺灣文學館
2014 年 12 月，18 開，454 頁
定價 480 元

巫永福，男，1913 年 3 月 11 日生，2008 年 9 月 10
日辭世，享年 96 歲。創作文類以詩為主，兼及小
說、散文、論述、俳句、短歌等。作品中充滿對臺灣
社會的關懷與用心。設有「巫永福文學評論獎」。
本書收錄評述文章 19 篇，研究評論資料目錄收錄資
料 462 筆。

編選人：許俊雅

臺灣師範大學國文學系博士。曾任國家文藝獎評審委員、臺灣筆會及巫永福、吳
濁流基金會董事等，現任臺灣師範大學國文學系教授兼系主任。曾獲第 17 屆巫
永福文學評論獎、2008 年臺灣文獻推廣傑出貢獻獎。著有《日據時期臺灣小說
研究》、《臺灣文學論：從現代到當代》、《島嶼容顏：臺灣文學評論集》等。

綜述摘要

本文首先說明對巫永福作品的研究，與其文學創作歷程有著緊密關連，其次就作
品研究的重點及爭議，分為：1.學術會議論文；2.巫永福小說；3.巫永福戰後小
說；4.戰前戰後詩作的評價；5.評論，共五項敘述。探討巫永福豐富多元的各類
創作與特色，同時感嘆若非「語言轉換」所帶來的困擾，以及政治氛圍的顧慮，
其所能發揮的天地應會更大，留下更多不朽的佳作。

收錄篇目

【臺灣現當代作家研究資料彙編 59】王昶雄（1915～2000）

臺南：國立臺灣文學館

2014 年 12 月，18 開，361 頁

定價 380 元

王昶雄，男，本名王榮生，1915 年 2 月 13 日生，2000 年 1 月 1 日辭世，享年 84 歲。創作文類以小說、散文為主。作品中有文以載道的精神，流露鄉土情懷，反對殖民與強權，追求人類自由平等。

本書收錄評述文章 22 篇，研究評論資料目錄收錄資料 514 筆。

編選人：許俊雅

臺灣師範大學國文學系博士。曾任國家文藝獎評審委員、臺灣筆會及巫永福、吳濁流基金會董事等，現任臺灣師範大學國文學系教授兼系主任。曾獲第 17 屆巫永福文學評論獎、2008 年臺灣文獻推廣傑出貢獻獎。著有《日據時期臺灣小說研究》、《臺灣文學論：從現代到當代》、《島嶼容顏：臺灣文學評論集》等。

綜述摘要

本文首先簡述王昶雄在文壇的地位以及幾部重要的小說作品，而後從相關史料辯證談起，除生年更正，還有歷來對於〈奔流〉版本爭議的討論，以及學者論辯影響作者改稿重發等。中、後半部分則著重於戰前小說的相關評論，「皇民化」、「順民思想」對於作家與評論者雙方的影響。以及王昶雄在戰後沉潛多年才重新於文壇展露，無法再執筆小說，卻仍以散文、詩歌驚艷世人，證明其對於創作永不熄滅的熱情。

收錄篇目

【臺灣現當代作家研究資料彙編 60】無名氏（1917～2002）

臺南：國立臺灣文學館
2014 年 12 月，18 開，425 頁
定價 440 元

無名氏，男，本名卜乃夫，1917 年 1 月 1 日生，2002
年 10 月 12 日辭世，享年 86 歲。創作文類以小說、
散文為主，兼及報導文學與詩。作品扎根於中國現實
政治，自文化角度探討人生與社會問題。

本書收錄評述文章 13 篇，研究評論資料目錄收錄資
料 956 筆。

編選人：陳信元（1953～2016）

中國文化大學中國文學系畢業。曾任出版社總編輯、發行人、南華大學出版學研
究所副教授兼所長、南華大學編譯出版中心主任、臺灣師範大學、世新大學兼任
副教授、佛光大學中國文學與應用學系副教授。曾獲國科會甲種研究獎勵、五四
獎（文學活動獎）。

綜述摘要

本文將無名氏相關文學評論依其創作時間大致分為：1.早期習作階段的浪漫愛情
故事；2.「無名書稿」系列前三卷；3.「無名書稿」六卷綜覽；4.文革期間與其
後的文學創作四個部分。因其主要成就乃是中國時期創作的小說作品，故中國出
版界與學界於 1990 年代起有一股無名氏研究的熱潮，臺港地區的研究則多聚焦
報導性文章或是單本、多本作品的評述，較無系統性的研究專書。

收錄篇目

【臺灣現當代作家研究資料彙編 61】吳魯芹（1918～1983）

臺南：國立臺灣文學館

2014 年 12 月，18 開，288 頁

定價 280 元

吳魯芹，男，本名吳鴻藻，1918 年生，1983 年 7 月 30 日逝世，享年 66 歲。創作文類以散文為主，兼及翻譯、論述。作品中西典籍靈活運用，帶動知性散文發展。曾獲金鼎獎。

本書收錄評述文章 16 篇，研究評論資料目錄收錄資料 303 筆。

編選人：須文蔚

政治大學新聞學系博士，現任東華大學華文文學系教授兼系主任。曾獲中國文藝學會優秀青年詩人獎、詩運獎、創世紀詩刊詩獎、五四獎（青年文學獎）、中國文藝協會文藝獎章（文學評論獎）。

綜述摘要

本文探討吳魯芹的生平、創作、文學傳播三部分。在生平上，透過吳氏三篇自傳散文一窺家庭背景、學經歷、寫作經驗等，補足任職於國民政府與美國政府的經歷；在創作上，分為 1950～1970 年代與 1970 年代以後進行論述；在文學傳播方面，以冷戰時期臺美文學的國際傳播、評介當代英美作家兩部分進行探討。

收錄篇目

【臺灣現當代作家研究資料彙編 62】鹿橋（1919～2002）

臺南：國立臺灣文學館

2014 年 12 月，18 開，343 頁

定價 340 元

鹿橋，男，本名吳訥孫，1919 年 6 月 9 日生，2002 年 3 月 19 日辭世，享年 83 歲。創作文類以小說為主，兼及散文、論述與兒童文學。文風融合文白，用字優美，真誠表達所思所感，重視情感與抽象之美。本書收錄評述文章 24 篇，研究評論資料目錄收錄資料 311 筆。

編選人：張恆豪

東吳大學中國文學系碩士。曾任遠景出版公司總編輯，長期從事文學研究，現任《鹽分地帶文學》總編輯。曾獲巫永福文學評論獎。著有文學評論集《覺醒的島國——日治時代臺灣文學論集》，編有《火獄的自焚》、前衛版《臺灣作家全集》等書。

綜述摘要

本文從鹿橋備受爭議的小說《未央歌》談起，簡介其生平及創作，試圖探問其創作意旨以及外界解讀之間的落差，並指出本冊彙編雖非第一本鹿橋文學評論專書，特點在於收入批評性文章，以期呈現正反兩邊立場以及多元的詮讀視角。最後指出鹿橋的研究資料目前累積雖不多，但近十年學院內陸續產出相關碩論、博論，足見其研究生態正在改變，期許未來對於鹿橋研究能有更多不同觀點之作。

收錄篇目

【臺灣現當代作家研究資料彙編 63】羅蘭（1919～2015）

臺南：國立臺灣文學館

2014 年 12 月，18 開，396 頁

定價 410 元

羅蘭，女，本名靳佩芬，1919 年 10 月 10 日生，2015 年 8 月 29 日辭世，享年 95 歲。創作文類有論述、小說、散文、劇本和傳記。落筆之間蘊含音樂妙理，文筆流暢風趣，富含哲理，呈顯平和樂觀的風格。

本書收錄評述文章 22 篇，研究評論資料目錄收錄資料 362 筆。

編選人：張瑞芬

東吳大學中國文學系博士，現任逢甲大學中國文學系教授。著有《未竟的探訪——瞭望文學新版圖》、《五十年來臺灣女性散文・評論篇》、《狩獵月光——當代文學及散文論評》、《臺灣當代女性散文史論》、《胡蘭成、朱天文與「三三」——臺灣當代文學論集》、《鳶尾盛開——文學評論與作家印象》等。

綜述摘要

本文首先簡介羅蘭生平，並說明其在臺灣文壇起步較晚，約於 1960 年代中期方才崛起。而後列舉幾篇較為重要的訪談以及研究其散文創作的文章，說明研究價值，和對羅蘭小說創作評論難尋的窘境，又從羅蘭的三部長篇小說窺探其感情觀與自我投射。最後提出包含羅蘭在內，1950～1960 年代被歸類為「通俗」、「言情」的女性小說逐漸消失在文學史板塊中之現況。

收錄篇目

【臺灣現當代作家研究資料彙編 64】鍾梅音（1922～1984）

臺南：國立臺灣文學館

2014 年 12 月，18 開，323 頁

定價 350 元

鍾梅音，女，1922 年 1 月 25 日生，1984 年 1 月 12 日辭世，享年 63 歲。創作文類以散文為主，另有小說及兒童文學。作品開創女性旅遊文學的寫作風氣以及女性在職場、家庭的多重樣貌。

本書收錄評述文章 24 篇，研究評論資料目錄收錄資料 200 筆。

編選人：王鈺婷

成功大學臺灣文學系博士。現任清華大學臺灣文學研究所副教授。曾獲府城文學評論獎、臺灣文學研究論文獎助等。著有《女聲合唱——戰後臺灣女性作家群的崛起》、《身體、性別、政治與歷史》等。

綜述摘要

本文從「作家」、「編者」、「旅者」三種身分，勾勒鍾梅音的文學研究綜述。以親友、文友的印象與學者的研究概述作家生平與文學歷程；從《婦友》表彰女作家的編輯成就；以遊記散文為研究對象，呈現出當代臺灣的旅行書寫，最後文末建議未來研究者可朝跨界與跨國的議題進行研究。

收錄篇目

【臺灣現當代作家研究資料彙編 65】詹冰（1921～2004）

臺南：國立臺灣文學館

2015 年 12 月，18 開，348 頁

定價 350 元

詹冰，男，本名詹益川，1921 年 7 月 8 日生，2004 年
3 月 25 日辭世，享年 84 歲。創作文類以詩作與兒童文
學為主。早期創作俳句與日文新詩，之後受現代主義影
響，著重詩的視覺與意象感，為臺灣圖象詩第一人。

本書收錄評述文章 21 篇，研究評論資料目錄收錄資
料 502 筆。

編選人：莫渝

本名林良雅，淡江大學法國語文學系畢業。曾任國小教師、桂冠圖書公司文學主
編、《笠》詩刊主編。現任聯合大學臺灣語文與傳播學系兼任講師。曾獲全國優
秀青年詩人獎、中華民國新詩學會新詩創作獎、笠詩社詩翻譯獎。

綜述摘要

本文第一部分將詹冰的寫作歷程分為三期，分階段爬梳其早期以日文詩嶄露頭
角，至戰後跨越語言的障礙重新復出，肯定其勇於實驗的前衛精神，及跨足劇
本、小說、兒童文學等多領域的成就。第二部分綜覽其研究進展，指出 2000 年
以前僅有針對單篇詩作印象式解讀的評論，2003 年方陸續有論文產出。第三部
分說明彙編選文，期能以有限篇幅呈現詹冰文學的脈動。最後以班雅明「漫遊
者」概念為詹冰定調，期許來者能以創新、多元的視野詮釋詹冰的文學。

收錄篇目

【臺灣現當代作家研究資料彙編 66】高陽（1922～1992）

臺南：國立臺灣文學館

2016 年 3 月，18 開，407 頁

定價 400 元

高陽，男，本名許晏駢，1922 年 4 月 11 日生，1992 年 6 月 6 日辭世，享年 70 歲。創作文類以小說為主，兼及論述與散文。作品以史學眼光爬梳史料，考據精詳，擅於鑄造出具歷史實感的大敘述體小說。

本書收錄評述文章 29 篇，研究評論資料目錄收錄資料 496 筆。

編選人：鄭穎

中國文化大學中國文學系博士。曾任中國文化大學中國文學系文藝創作組副教授。現任臺北醫學大學人文藝術中心兼任副教授兼人文與藝術講座執行長。著有《野翰林——高陽研究》、《鬱的容顏——李渝小說研究》、《給未來醫生的六堂人文課》（合著）、《在人文路上遇見生命導師：給未來醫生的十堂課》（合著）等。

綜述摘要

本文探討形成高陽歷史小說文化底蘊的家學淵源和其知識涵養，高陽熟諳各種豐富的歷史材料，加以嚴謹的考據與小說家的想像，一手擘造了高陽式歷史小說創作。其小說的特質是以真實故事為經、以想像和虛構為緯，添以民間傳說和野史材料並給予想像擴張，建構出一個個中國人情義理的人間世，以及人情世故的細膩和城府。然文末亦指出，其閱讀者與研究者愈趨稀少，高陽的歷史小說創作模式，以其家學、知識條件，或也將隨著哲人其萎而走入歷史。

收錄篇目

【臺灣現當代作家研究資料彙編 67】子敏（1924～）

臺南：國立臺灣文學館

2016 年 3 月，18 開，518 頁

定價 500 元

子敏，男，本名林良，1924 年 10 月 10 日生。創作文類以散文、兒童文學為主，以一顆「童心」書寫生活情趣及人間百態，注重文字的視覺與聽覺效果，作品平淡中帶有甘味，成為整個世代的共同閱讀經驗。

本書收錄評述文章 27 篇，研究評論資料目錄收錄資料 841 筆。

編選人：陳信元（1953～2016）

中國文化大學中國文學系畢業。曾任出版社總編輯、發行人、南華大學出版學研究所副教授兼所長、南華大學編譯出版中心主任、臺灣師範大學、世新大學兼任副教授、佛光大學中國文學與應用學系副教授。曾獲國科會甲種研究獎勵、五四獎（文學活動獎）。

綜述摘要

本文指出子敏創作大致可分為兒童文學及散文兩種類型。前者文類眾多，有故事、散文、詩作、兒歌、翻譯等等，其所著《淺語的藝術》一書，被視為研究兒童文學的基本入門書之一。後者則以白而不俗、淺暢簡練的語言，將家中小事刻畫得無比雋永及耐人尋味。除在創作與推動兒童文學上的貢獻外，子敏對於出版、編輯的反思與建言，也是值得研究的課題。

收錄篇目

【臺灣現當代作家研究資料彙編 68】齊邦媛（1924～）

臺南：國立臺灣文學館

2016 年 3 月，18 開，375 頁

定價 400 元

齊邦媛，女，1924 年 2 月 19 日生。創作文類以論述為主，兼及散文、翻譯。評論著重挖掘作品內容思想，範疇橫跨臺灣現當代文學。散文下筆嚴謹，底蘊深厚，深沉內斂，可見文學內化成生命信仰的情操。本書收錄評述文章 34 篇，研究評論資料目錄收錄資料 381 筆。

編選人：單德興

臺灣大學外國語文學系博士。曾任中央研究院歐美研究所所長、中華民國英美文學學會理事長、中華民國比較文學學會理事長等。現任中央研究院歐美研究所特聘研究員。曾獲國科會外文學門傑出研究獎、金鼎獎最佳翻譯人獎等。著有《銘刻與再現》、《反動與重演》等。譯有《知識分子論》、《格理弗遊記》等。

綜述摘要

本文分成四部分，第一部分簡要說明齊邦媛《巨流河》的寫作，是為滅跡的庶民顯影、為時代的集體經驗留下紀錄。第二部分詳述齊邦媛的生平，另也詳述其文學工作對臺灣文學的影響，在教學、教材改革、引介西方文學、推介與推動臺灣文學等工作上均有卓然的成就。第三部分著眼齊邦媛的文學論述，指出其著眼宏觀的文學史觀點，落實於作者及文本的特質。第四部分解說研究文章選粹。總結其文化工作成就，使臺灣文學成為臺灣文化中的巨流，並流向國際文學的大海。

收錄篇目

【臺灣現當代作家研究資料彙編 69】趙滋蕃（1924～1986）

臺南：國立臺灣文學館

2015 年 12 月，18 開，288 頁

定價 290 元

趙滋蕃，男，本名趙資蕃，1924 年 1 月 13 日生，1986 年 3 月 14 日辭世，享年 62 歲。創作文類以小說、散文為主，兼及論述、詩、兒童文學。作品多融入生活經驗與個人抱負，不斷探求人生意義與理想。本書收錄評述文章 18 篇，研究評論資料目錄收錄資料 244 筆。

編選人：趙衛民

中國文化大學哲學系博士。曾任彰化師範大學國文學系教授、《聯合報》副刊資深編輯、《藍星詩學》主編。現任淡江大學中國文學系教授。曾獲全國優秀青年詩人獎、中國文藝協會獎章、中興文藝獎章等。著有論述《簡明中國哲學史》、《老子的道》、《莊子的道》、《尼采的生命哲學》、《新詩啟蒙》等。

綜述摘要

本文分為四部分，第一部分概述趙滋蕃事蹟及其流離的生命軌跡。第二部分解說其小說反映的豐富人生閱歷及哲學思考。第三部分評述其散文，指出其散文直指要害、劍氣逼人的特質，且無書寫圍限，在一切題材上，都有創造的著眼。第四部分評述其文學理論的創發，梳理其哲學體系的脈絡承自尼采、康德、柏格森、懷海德、杜威。文末總結趙滋蕃文學成就，肯定其具有諾貝爾文學獎的資格。

收錄篇目

【臺灣現當代作家研究資料彙編 70】蕭白（1925～2013）

臺南：國立臺灣文學館

2015 年 12 月，18 開，367 頁

定價 380 元

蕭白，男，本名周仲勳，1925 年 3 月 18 日生，2013 年 10 月 11 日辭世，享年 89 歲。創作文類以散文為主，兼及小說與詩。作品富含哲理與禪思，運筆詩意，意蘊無窮。曾獲第三屆中山文藝創作獎。

本書收錄評述文章 47 篇，研究評論資料目錄收錄資料 185 筆。

編選人：顏崑陽

臺灣師範大學國文學系博士。曾任中央大學中國文學系教授、東華大學中國語文學系教授兼人文社會科學院院長、淡江大學中國文學學系教授，現已退休，專事寫作。曾獲聯合報文學獎、中興文藝獎章、時報文學獎、中國文藝獎章等。

綜述摘要

本文前半部分說明蕭白創作文類包含詩、小說及散文，尤以散文作品最為出色，其散文結合詩的意象與哲思的理趣，善用隱喻及象徵，更有以「全集」概念進行發想的獨創體式，在臺灣文學史上有重要地位。後半部分析蕭白的研究評論中，以簡短的讀後感為主，整體評論不多。本書以收錄蕭白的自序、親友的懷念文章以及簡短的書評居多，期望未來有更多具有學術專業的散文分析及評論出現。

收錄篇目

【臺灣現當代作家研究資料彙編 71】彭歌（1926～）

臺南：國立臺灣文學館

2015 年 12 月，18 開，411 頁

定價 420 元

彭歌，男，本名姚朋，1926 年 1 月 8 日生。創作文類以小說、雜文為主，兼及翻譯。作品表達對中華民族的憂患意識與社會關懷，反映複雜時代下人與人之間的衝突矛盾，以及藏於背後的人性光明面。

本書收錄評述文章 25 篇，研究評論資料目錄收錄資料 306 筆。

編選人：張素貞

臺灣師範大學國文學系碩士。曾任臺北古亭女中、北一女中教師、臺灣師範大學國文學系教授，現已退休。曾獲中國文藝協會文學評論獎、菲華中正文化獎。著有《韓非子：國家的秩序》、《細讀現代小說》、《案頭春秋》等。

綜述摘要

本篇分四段綜述彭歌作為小說家、新聞學學者兼報人等多重面向。第一段從自述、訪談資料勾勒彭歌其人，指出彭歌的滔滔健筆背後，是早年大時代艱苦造就的奉獻精神。第二段綜述其小說創作的各階段及重要評論。第三段聚焦彭歌新聞工作者與編輯的身分，指出其從各角度採集事件經緯的報導堪為報導文學先鋒。第四段縱觀彭歌的文學主張與實踐，最後期許來者對彭歌的報導文學、傳記文學、新聞文學，乃至長年於專欄撰寫的書評、影評等文類進行整理與研究。

收錄篇目

【臺灣現當代作家研究資料彙編 72】杜潘芳格（1927～2016）

臺南：國立臺灣文學館

2016 年 3 月，18 開，356 頁

定價 370 元

杜潘芳格，女，1927 年 3 月 9 日生，2016 年 3 月 10 日辭世，享年 89 歲。創作文類以詩為主。身為跨越語言的一代，面對中、日、客三語交錯的困境，下筆思考存在意義與文化關係，擺脫刻板的閨怨風格。

本書收錄評述文章 24 篇，研究評論資料目錄收錄資料 295 筆。

編選人：劉維瑛

成功大學中國文學系博士。詩評家、文學研究者，現任臺灣歷史博物館助理研究員。曾獲成功大學鳳凰樹文學獎、全國大專文學獎、夢花文學獎等。著有《八〇年代以降臺灣女詩人的書寫策略》、《陳秀喜評傳》。

綜述摘要

本文指出杜潘芳格作為跨越語言一代的客家女性詩人，其作品包含日常生活的省思與體察以及基督信仰的宗教意識。研究討論頗具分量，從笠詩社同仁的推薦，到 1980 年代後以女性書寫、關照現實以及個人生命史等為研究取向的論述皆相當豐富。尤其是日記的出版以及相關的口述訪談，都使研究者藉此更貼近跨語言一代的自我追尋與成長，從生命史的角度呈現更接近主體的杜潘芳格文學研究。

收錄篇目

【臺灣現當代作家研究資料彙編 73】錦連（1928～2013）

臺南：國立臺灣文學館

2015 年 12 月，18 開，371 頁

定價 380 元

錦連，男，本名陳金連，1928 年 12 月 6 日生，2013 年 1 月 6 日辭世，享年 85 歲。創作文類以新詩為主，兼及小說、散文與翻譯。詩作以質厚精練的詩語淬練人生實存景況。曾獲臺灣文學家牛津獎。

本書收錄評述文章 15 篇，研究評論資料目錄收錄資料 326 筆。

編選人：蕭蕭

本名蕭水順。臺灣師範大學國文學系碩士。曾任景美女中、北一女中等中學教師、明道大學中國文學學系教授兼人文學院院長。現為明道大學中國文學學系榮譽講座教授、臺灣詩學季刊社社長。著有詩集《松下聽濤》、《月白風清》等；評論集《現代詩學》、《臺灣新詩美學》、《後現代新詩美學》等。

綜述摘要

本文首段從三峽、彰化、高雄三個與錦連緊密相關的地方出發，審視錦連的詩藝、詩學淵源與歷程。第二段分析錦連的文學研究概況，將之分為：1.早期笠詩社同人的印象式批評；2.學位論述及學人論述；3.福爾摩莎文學・錦連詩作學術研討會論文；4.錦連的時代——錦連詩作學術研討會論文。第三部分概述彙編資料文章的輯選，最後總結各方評論，指出錦連詩作的歷史定位與價值除了從其職業、地緣、詩的內涵探討之外，尚待來者挖掘新的驚喜。

收錄篇目

【臺灣現當代作家研究資料彙編 74】蓉子（1928～ ）

臺南：國立臺灣文學館

2015 年 12 月，18 開，443 頁

定價 440 元

蓉子，女，本名王蓉芷，1928 年 5 月 4 日生。創作文類以詩為主，兼及散文與論述。作品題材廣泛，語言簡練，展現出冷靜知性的美感，廣度與深度兼備。曾獲菲律賓總統馬可仕金牌獎、國際婦女桂冠獎。

本書收錄評述文章 24 篇，研究評論資料目錄收錄資料 857 筆。

編選人：洪淑苓

臺灣大學中國文學系博士。曾任臺灣大學臺灣文學研究所所長、中國文學系暨臺灣文學研究所合聘教授。現任臺灣大學中國文學系教授。曾獲教育部文藝創作獎、臺北文學獎、詩歌藝術創作獎等。著有論述《思想的裙角——臺灣現代女詩人的自我銘刻與時空書寫》、《現代詩新版圖》、《民間文學的女性研究》等。

綜述摘要

本文總覽蓉子詩作，分三部分觀察其風格轉化，並探討其主題意識和藝術成就。第一部分由《青鳥集》到《七月的南方》，指出蓉子從溫婉蘊藉的「冰心體」轉入破碎、焦慮的現代性風格。第二部分《蓉子詩抄》到《維納麗沙組曲》則表現出了女性自主的意識，具反抗性地追求女性獨立精神。第三部分《橫笛與豎琴的晌午》到《黑海上的晨曦》則討論蓉子詩中「自然」與「時間」的主題。最後總結蓉子詩風和語言已達至悠遠、雋永的境界，持續不輟地被討論與研究足見其詩藝成就，而本書收錄相關研究論述，希望能激發蓉子詩作研究的新面向。

收錄篇目

【臺灣現當代作家研究資料彙編 75】向明（1928～）

臺南：國立臺灣文學館
2016 年 3 月，18 開，509 頁
定價 500 元

向明，男，本名董仲元，1928 年 7 月 20 日生。創作文類以詩為主，兼及論述、散文、兒童文學。其詩由生活中提煉詩的質素，語言質樸而能針砭入時、見微知著。曾獲國家文藝獎、中山文藝新詩獎等。

本書收錄評述文章 34 篇，研究評論資料目錄收錄資料 658 筆。

編選人：白靈

本名莊祖煌，美國史蒂文斯理工學院化工碩士。曾任臺北科技大學化學工程與生物科技系副教授、《臺灣詩學季刊》、《草根詩刊》主編。現任東吳大學中國文學系兼任副教授。曾獲中興文藝獎、國家文藝獎等。著有詩集《五行詩及其手稿》、《沒有一朵雲需要國界》等。

綜述摘要

本文前半部分追溯向明早年驚險、豐碩的生命經歷，肯定其不隨理論潮流起舞、以生活現實入詩的堅持，並概述論者對向明詩風的探討，指出其親民生活語言背後的「叛逆」質素。後半部分梳理其文學研究資料，指出在 50 歲以前雖已嶄露頭角，相關評論卻不多，或與其語言平易近人的生活詩，待生活的歷練才能孕沙成珠有關，並肯定向明與時俱進，晚年活躍於網路上，創作愈發活躍。最後期望來者能突破以往點評式的短論，對向明的詩集、詩話產出深入的比較和析論。

收錄篇目

【臺灣現當代作家研究資料彙編 76】張默（1931～）

臺南：國立臺灣文學館

2016 年 3 月，18 開，375 頁

定價 390 元

張默，男，本名張德中，1931 年 2 月 7 日生。創作文類以詩為主，兼及評論與散文。詩作風格多變，主題豐富；亦致力臺灣新詩史料的彙整。曾獲文副會全國優良文藝雜誌主編獎、中山文藝獎新詩獎等。

本書收錄評述文章 16 篇，研究評論資料目錄收錄資料 922 筆。

編選人：渡也

本名陳啟佑，中國文化大學中國文學系博士。曾任彰化師範大學國文學系教授。現任中興大學中國文學系兼任教授、臺灣詩學季刊社社務委員。曾兩度獲教育部青年研究著作發明獎等。著有論述《分析文學》、《渡也論新詩》、《新詩形式設計的美學》等；新詩《手套與愛》，散文《歷山手記》等二十多種。

綜述摘要

本文前半部分簡述張默的生平及文學事業，並將張默詩風分期的變化一一對照其人生歷程中所受的影響、轉變與動盪。後半部分聚焦其文學創作，列舉不同觀點與切入的論述，分別指出張默詩作中「音樂性」、「空間性」、「時間意識」等特質，總論其詩。亦舉出「贈友詩」、「旅遊詩」、「小詩」等其特擅的主題詳述張默於其中的經營。文末期待針對張默詩作的音樂性特質能有更深入研究，亦期盼對於張默的編輯事業、文壇交遊記憶能有厚實、系統性地作業，為臺灣文學留下珍貴的史料。

收錄篇目

【臺灣現當代作家研究資料彙編 77】於梨華（1931～）

臺南：國立臺灣文學館

2016 年 3 月，18 開，379 頁

定價 420 元

於梨華，女，1931 年 11 月 28 日生。創作文類以小說為主，兼及散文。人生經歷充滿戲劇性，成為最佳的創作素材，作品真誠不造作，情感細膩豐富，著重描寫角色的心理狀態，突顯其立體與真實性。

本書收錄評述文章 35 篇，研究評論資料目錄收錄資料 517 筆。

編選人：陳芳明

美國華盛頓州州立大學歷史學系博士候選人。曾任美國《臺灣文化》總編輯、靜宜大學中國文學系教授、暨南國際大學中國語文學系教授、政治大學中國文學系教授、政治大學臺灣文學研究所教授兼所長。現任政治大學講座教授。曾獲巫永福評論獎、國科會甲種研究獎勵、金鼎獎雜誌類專欄寫作獎等。

綜述摘要

本文說明於梨華作為留學生文學開創者之於現當代文學史的意義，全文分兩部分，前述自 1967 年《又見棕櫚，又見棕櫚》出版後開啟「留學生文學」文類的時代意義；後述於梨華在新批評中的位置。由於其在 1970 年代曾有過民族認同的劇烈轉變，使得許多評論者無所適從，因此即便再有新作品產出，仍有不少評論者表示懷念其早年的文學創作，對新作品則採保留態度。

收錄篇目

【臺灣現當代作家研究資料彙編 78】葉笛（1931～2006）

臺南：國立臺灣文學館
2016 年 3 月，18 開，422 頁
定價 450 元

葉笛，男，本名葉寄民，1931 年 9 月 21 日生，2006 年 5 月 9 日辭世，享年 75 歲。創作文類以詩、翻譯為主，兼及散文與評論。作品關懷社會，探問人和人群之間的存在意義與價值。曾獲巫永福文學評論獎。本書收錄評述文章 19 篇，研究評論資料目錄收錄資料 238 筆。

編選人：葉瓊霞・葉蓁蓁

葉瓊霞／成功大學歷史語言研究所碩士。現任南臺科技大學通識教育中心社會科學組、流行音樂產業系講師。與葉蓁蓁共同編纂《葉笛全集》（全 18 冊）。

葉蓁蓁／政治大學中國文學系碩士。現任南臺科技大學通識教育中心人文藝術組、應用日語系講師。與葉瓊霞共同編纂《葉笛全集》（全 18 冊）。

綜述摘要

本文前半部分概述葉笛生平及其文學活動，將其文學事業分為五階段，論述葉笛在詩、翻譯、評論各領域的貢獻與成就。後半部分評述葉笛的相關研究論述，其文學版圖跨及多領域，皆秉持著人道主義精神為臺灣文學奉獻。其翻譯為臺灣文學開拓視野，其詩文與評論則為臺灣文學留下見證，其人其事則為臺灣文學留下實在的知識分子風骨。

收錄篇目

【臺灣現當代作家研究資料彙編 79】葉維廉（1937～）

臺南：國立臺灣文學館

2015 年 12 月，18 開，457 頁

定價 480 元

葉維廉，男，1937 年 6 月 20 日生。創作文類以詩與論述為主，兼及散文、兒童文學和翻譯，亦為比較文學研究先行者。在研究論述或詩的創作，作品皆含有自然哲學與道家美學意趣。

本書收錄評述文章 23 篇，研究評論資料目錄收錄資料 613 筆。

編選人：須文蔚

政治大學新聞學系博士，現任東華大學華文文學系教授兼系主任。曾獲中國文藝學會優秀青年詩人獎、詩運獎、創世紀詩刊詩獎、五四獎（青年文學獎）、中國文藝協會文藝獎章（文學評論獎）。

綜述摘要

本文從葉維廉的生平論述、現代詩作、散文、文學傳播貢獻四個層面，探討相關研究與評論。第一部分概述作家學經歷，以及建議研究者可從作家捐贈給臺灣大學、國家圖書館的手稿更進一步爬梳；第二部分整理作家早期、中期、近期的詩作研究；第三部分指出多數研究者提及葉氏的詩文交錯的形式；第四部分綜述葉氏在臺、港、美、中各地推動的跨域文學傳播及其影響。

收錄篇目

【臺灣現當代作家研究資料彙編 80】東方白（1938～）

臺南：國立臺灣文學館
2015 年 12 月，18 開，348 頁
定價 350 元

東方白，男，本名林文德，1938 年 3 月 19 日生。創作文類以小說為主，兼及散文。長篇小說《浪淘沙》透過詳實的考據，刻畫出百年來臺灣人民的歷史命運。散文則以哲學性思考與感悟為特色，風格自然。本書收錄評述文章 20 篇，研究評論資料目錄收錄資料 480 筆。

編選人：彭瑞金

高雄師範學院國文學系畢業。曾任高中國文教師、真理大學副教授。現任靜宜大學臺灣文學系教授暨臺灣研究中心主任、臺灣筆會理事長、《文學臺灣》主編。曾獲巫永福評論獎、臺灣新聞報文學獎、賴和文學獎、行政院文耕獎、客家文化貢獻獎、高雄市文藝獎等。

綜述摘要

本文前半部描述東方白的生平及創作，指出不同於眾人推崇的長篇鉅著《浪淘沙》，其自傳性小說《真與美》才真正開啟了東方白文學的新境界，此後的文學創作擺脫束縛、更加多元。後半部分梳理東方白的文學研究資料，指出評論家、研究者似乎難以擺脫《浪淘沙》的巨大身影，以《浪淘沙》為東方白的文學高峰，實則忽略了東方白文學創作的多元向度。

收錄篇目

【臺灣現當代作家研究資料彙編 81】楊守愚（1905～1959）

臺南：國立臺灣文學館
2016 年 12 月，18 開，352 頁
定價 350 元

楊守愚，男，本名楊松茂，1905 年 3 月 9 日生，1959
年 4 月 8 日辭世，得年 54 歲。創作文類以短篇小
說、新詩、漢詩為主。作品多面的呈現臺灣不同階級
的人們在日本帝國主義下的層層困境。

本書收錄評述文章 24 篇，研究評論資料目錄收錄資
料 216 筆。

編選人：許俊雅

臺灣師範大學國文學系博士。曾任國家文藝獎評審委員、臺灣筆會及巫永福、吳
濁流基金會董事等，現任臺灣師範大學國文學系教授兼系主任。曾獲第 17 屆巫
永福文學評論獎、2008 年臺灣文獻推廣傑出貢獻獎。著有《日據時期臺灣小說
研究》、《臺灣文學論：從現代到當代》、《島嶼容顏：臺灣文學評論集》等。

綜述摘要

本文首先說明楊守愚中文素養深厚，且因熟悉大陸文壇動態，能夠流暢使用白話
文，並概述日治時期臺灣對於其文學創作的評論。而後就作品的題材內容、藝術
形式及小說、詩、劇本、民間文學、寫作技巧、語言特色等面向論述戰後的評論
研究。結尾藉其作和其子的文章，懷想楊守愚為弱勢仗義執言的悲憫胸懷，以及
社會主義者對理想的追尋。

收錄篇目

【臺灣現當代作家研究資料彙編 82】胡品清（1920～2006）

臺南：國立臺灣文學館

2016 年 12 月，18 開，417 頁

定價 430 元

胡品清，女，1920 年 11 月 14 日生，2006 年 9 月 30 日辭世，享年 86 歲。創作文類包括論述、詩、散文、小說、詞曲及翻譯。語言溫婉、文字清雅，以直筆靜照世態，洞燭幽微。

本書收錄評述文章 27 篇，研究評論資料目錄收錄資料 449 筆。

編選人：洪淑苓

臺灣大學中國文學系博士。曾任臺灣大學臺灣文學研究所所長、中國文學系暨臺灣文學研究所合聘教授。現任臺灣大學中國文學系教授。曾獲教育部文藝創作獎、臺北文學獎、詩歌藝術創作獎等。著有論述《思想的裙角——臺灣現代女詩人的自我銘刻與時空書寫》、《現代詩新版圖》、《民間文學的女性研究》等。

綜述摘要

本文分四部分，第一部分簡述胡品清生平事蹟及其文學事業；第二部分為其傳記研究，詳述其自序、交遊往來與文學觀；第三部分首先梳理胡品清作品的研究概況，並指出胡品清研究的轉折；第四部分評述胡品清的譯著成就，期待其譯作全面性的整理，更待學者從翻譯角度檢視其得失。總結其文學成就，既有女性書寫獨特性，亦具國際經驗的特殊性、開創性，而其複雜的人生經驗與寫作脈絡，值得以世界文學視角重新評估胡品清的位置與貢獻。

收錄篇目

【臺灣現當代作家研究資料彙編 83】陳之藩（1925～2012）

臺南：國立臺灣文學館

2016 年 12 月，18 開，358 頁

定價 370 元

陳之藩，男，1925 年 6 月 19 日生，2012 年 2 月 25 日辭世，享年 87 歲。創作文類以散文為主，作品兼具寫實與浪漫，文字簡潔雋永，藉生活中的小事小物，進行文化性、民族性的深深思索。

本書收錄評述文章 17 篇，研究評論資料目錄收錄資料 313 筆。

編選人：陳信元（1953～2016）

中國文化大學中國文學系畢業。曾任出版社總編輯、發行人、南華大學出版學研究所副教授兼所長、南華大學編譯出版中心主任、臺灣師範大學、世新大學兼任副教授、佛光大學中國文學與應用學系副教授。曾獲國科會甲種研究獎勵、五四獎（文學活動獎）。

綜述摘要

本文說明陳之藩創作主題大致以美國留學生活為主，字裡行間散發寂寞與思鄉的哀愁，被視為臺灣「留學生文學」先聲。同時，他繼承五四自由主義與理性思辨的精神，長期與胡適亦師亦友般的交往聯繫，懷抱著憂國憂民的愛國情操。而在陳之藩的研究評論中，評論者較著重於他橫跨理工與文學的成就，或是其散文在修辭藝術上的分辨，較缺乏陳之藩前期小品文與後期雜文的通盤分析與評價。

收錄篇目

【臺灣現當代作家研究資料彙編 84】林鍾隆（1930～2008）

臺南：國立臺灣文學館
2016 年 12 月，18 開，443 頁
定價 450 元

林鍾隆，男，複姓林鍾，單名隆，1930 年 7 月 24 日生，2008 年 10 月 18 日辭世，享年 79 歲。創作文類概括論述、詩、散文、小說、兒童文學、翻譯、語文教學，取材豐富，橫跨成人與兒童領域。

本書收錄評述文章 29 篇，研究評論資料目錄收錄資料 366 筆。

編選人：徐錦成

佛光大學文學系博士。曾任成功大學中國文學系博士後研究員。現任高雄應用科技大學文化創意產業系副教授。曾獲聯合報文學獎、礦溪文學獎等。著有論述《運動文學論集》、《鄭清文童話現象研究——臺灣文學史的思考》；小說《如風往事》；繪本《黑暗中的小矮人》（施依婷繪圖）等。

綜述摘要

本文首先提出林鍾隆著作等身、創作文類多樣，然而至今卻無對其較具全面性的研究與評論，並爬梳既有研究資料，試圖尋求解答。而後列舉重要的相關評論以及著作，肯定林鍾隆的文學成就。並指出其代表作《阿輝的心》所賦予的「兒童文學作家」形象，可能就是主流文學界少討論林鍾隆作品的原因。最後認為讓其作品持續再版，流通書市，才能使相關研究持續開展作結。

收錄篇目

【臺灣現當代作家研究資料彙編 85】馬森（1932～）

臺南：國立臺灣文學館
2016 年 12 月，18 開，375 頁
定價 370 元

馬森，男，本名馬福星，1932 年 10 月 3 日生。創作
文類以論述、小說、劇本為主。學養橫跨中西文化，
善於深入不同文化與世代衝突。其獨幕劇系列，開啟
臺灣及華文世界「荒謬主義」創作的先河。
本書收錄評述文章 23 篇，研究評論資料目錄收錄資
料 498 筆。

編選人：須文蔚

政治大學新聞學系博士，現任東華大學華文文學系教授兼系主任。曾獲中國文藝
學會優秀青年詩人獎、詩運獎、創世紀詩刊詩獎、五四獎（青年文學獎）、中國
文藝協會文藝獎章（文學評論獎）。

綜述摘要

本文從作家的生平與生活、戲劇與小說，分別討論馬森與其研究者對其創作的定
位及評價。從作家自述可見其重要小說的創作歷程、戲劇的創作理念等，在戲劇
上，受法國現代派戲劇啟蒙，為臺灣的戲劇開創前衛色彩，並補充留法時曾主編
《歐洲雜誌》，對臺灣現代主義文學運動提供了第一手歐洲文學與文化的貢獻。

收錄篇目

【臺灣現當代作家研究資料彙編86】段彩華（1933～2015）

臺南：國立臺灣文學館
2016年12月，18開，340頁
定價350元

段彩華，男，1933年2月12日生，2015年1月13日辭世，享年82歲。創作文類以小說為主，兼及論述、散文和傳記。小說融合意識流與超現實的內涵與結構，呈現獨有的蒙太奇藝術效果。

本書收錄評述文章32篇，研究評論資料目錄收錄資料160筆。

編選人：張恆豪

東吳大學中國文學系碩士。曾任遠景出版公司總編輯，長期從事文學研究，現任《鹽分地帶文學》總編輯。曾獲巫永福文學評論獎。著有文學評論集《覺醒的島國——日治時代臺灣文學論集》，編有《火獄的自焚》、前衛版《臺灣作家全集》等書。

綜述摘要

本文首段簡述段彩華的創作風格及歷程，指出段在「反共懷鄉」標籤下長期遭忽視，卻仍堅持創作超過一甲子。第二段梳理段彩華小說的研究，指出其深入研究不多，晚近才有碩論以段彩華其人其作為主題進行完整回顧。第三段析介彙編選文，表明因相關研究不足，而以作者自述及訪談為主，期增進讀者的興趣及了解，催生更多精彩的評論。最後期許透過本彙編的出版，有識者能夠全面編整段彩華文學全集，使其作品更容易取得，以待知音重新詮解。

收錄篇目

【臺灣現當代作家研究資料彙編87】李魁賢（1937～）

臺南：國立臺灣文學館
2016 年 12 月，18 開，487 頁
定價 500 元

李魁賢，男，1937 年 6 月 19 日生。創作文類以詩為主，兼及論述、翻譯與散文。其作品自然率真，將日常生活融入詩歌中，並以現實主義為本，期望對現實社會產生提醒、警示與批判的作用。

本書收錄評述文章 20 篇，研究評論資料目錄收錄資料 760 筆。

編選人：莫渝

本名林良雅，淡江大學法國語文學系畢業。曾任國小教師、桂冠圖書公司文學主編、《笠》詩刊主編。現任聯合大學臺灣語文與傳播學系兼任講師。曾獲全國優秀青年詩人獎、中華民國新詩學會新詩創作獎、笠詩社詩翻譯獎。

綜述摘要

本文指出李魁賢的詩業主要體現在詩創作的社會內涵、外國詩文學的引介與翻譯、個人或帶團參與及籌畫國際交流行動三個面向。其研究評論以 2000 年為分界，前期多以詩人友朋的印象筆記居多，近期學院的學術論述增加。而本書收錄選文大致可以分為詩觀、詩創作討論、詩論討論、散文創作討論以及臺語文學理念的探討。期待未來針對李魁賢的翻譯事業與臺語創作有更多研究討論的出現。

收錄篇目

【臺灣現當代作家研究資料彙編88】鍾鐵民（1941～2011）

臺南：國立臺灣文學館

2016 年 12 月，18 開，308 頁

定價 310 元

鍾鐵民，男，1941 年 1 月 15 日生，2011 年 8 月 22 日辭世，享年 71 歲。創作文類以小說為主，兼及散文、兒童文學。創作內容以農村社會為題材，質樸的刻畫出臺灣農村的樣貌。

本書收錄評述文章 22 篇，研究評論資料目錄收錄資料 277 筆。

編選人：應鳳凰

美國德州大學奧斯汀校區東亞系文學博士。曾任《中國時報・人間副刊》編輯、德州大學東亞系助理講師、成功大學臺灣文學研究所副教授、臺北教育大學臺灣文化研究所教授，現已退休，專事寫作。

綜述摘要

本文以兩大面向進行探討，其一為鍾鐵民的文學發展，其二為鍾鐵民的小說研究。前者相較於一般以生平活動為分期，此文嘗試以作品出版時間將鍾鐵民的文學發展分為三期，以 1972 年、1993 年為分期點，三期之間題材的轉變。後者簡述從 1983 年的《文學界》「作品討論會」至今，已有不同的研究方向探討鍾鐵民的作品，如地方書寫、兒童文學等。

收錄篇目

【臺灣現當代作家研究資料彙編 89】三毛（1943～1991）

臺南：國立臺灣文學館
2016 年 12 月，18 開，428 頁
定價 410 元

三毛，女，本名陳平，1943 年 3 月 26 日生，1991 年
1 月 4 日辭世，得年 48 歲。創作文類以散文為主，兼
及翻譯、劇本、歌詞。作品取材豐富的生命經驗，文
筆幽默、內容奇趣，開啟流浪文學的文化現象。
本書收錄評述文章 22 篇，研究評論資料目錄收錄資
料 866 筆。

編選人：蔡振念

威斯康辛大學東亞文學系博士。曾任光武技術學院講師。現任中山大學中國文學
系教授兼系主任。曾獲時報青年學者獎。著有論述《高適詩研究》、《杜詩唐宋接
受史》、《臺灣現代短篇小說精讀》；詩集《陌地生憶往》、《漂流預言》、《水的記
憶》、《敲響時間的光》；散文集《人間情懷》。編有《郁達夫》。

綜述摘要

本文分四部分，第一部分簡述三毛文學在 1980 年代造成風潮的背景條件。第二
部分分述三毛的相關傳記專書，揭示出三毛複雜的人格特質與形象。第三部分針
對三毛的文學作品，指出其作品不易也不必框架於任何一種文類，同時列述其作
品受制於讀者反應、類似主題、傳奇性質的限制。第四部分則點出未來三毛的研
究方向，應將其作品放置於社會背景和時代脈絡中，褪去傳奇的外衣，省視其作
品的時代意識和藝術特質，給出客觀的文學史定位。

收錄篇目

【臺灣現當代作家研究資料彙編 90】李潼（1953～2004）

臺南：國立臺灣文學館
2016 年 12 月，18 開，491 頁
定價 510 元

李潼，男，本名賴西安，1953 年 8 月 24 日生，2004 年 12 月 24 日辭世，得年 52 歲。創作文類以小說、散文、兒童文學為主，兼及論述、劇本與報導文學。作品能量充沛，反映臺灣社會上的政治與經濟變遷。本書收錄評述文章 27 篇，研究評論資料目錄收錄資料 1016 筆。

編選人：許建崑

東海大學中國文學系碩士。曾任東海大學中國文學系副教授、中華民國兒童文學學會學術組組長與常務理事等。現任東海大學中國文學系、臺中教育大學語文教育學系、逢甲大學中國文學系兼任教授。著有《移情、借景與越位：當代作家作品論集》、《拜訪兒童文學家族——少年小說童話》等。

綜述摘要

本文首先簡介李潼的生平，並將其作品分為三期概述風格的變化。而後以辭世以後的作品出版情形、相關的各項活動與出版、生平傳記研究、文學創作理論研究、期刊與研討會論文對李潼的撰述和以李潼為題的學位論文撰寫共六個小節分述其作品的研究概況，輔以圖表，令人一目瞭然。最後肯定李潼於少年小說的成就，對於臺灣現當代文壇具有一定的貢獻和影響。

收錄篇目

【臺灣現當代作家研究資料彙編 91】翁鬧（1910～1940）

臺南：國立臺灣文學館
2017 年 12 月，18 開，380 頁
定價 390 元

翁鬧，男，1910 年 2 月 21 日生，1940 年 11 月 21 日辭世，得年 31 歲。創作文類以詩、小說為主，兼及散文、翻譯。作品文字細膩、意象豐富，著重各種知覺感官描寫，具有現代主義的創作特色。

本書收錄評述文章 15 篇，研究評論資料目錄收錄資料 240 筆。

編選人：許俊雅

臺灣師範大學國文學系博士。曾任國家文藝獎評審委員、臺灣筆會及巫永福、吳濁流基金會董事等，現任臺灣師範大學國文學系教授兼系主任。曾獲第 17 屆巫永福文學評論獎、2008 年臺灣文獻推廣傑出貢獻獎。著有《日據時期臺灣小說研究》、《臺灣文學論：從現代到當代》、《島嶼容顏：臺灣文學評論集》等。

綜述摘要

本文前半部分梳理翁鬧研究的概況，以戰爭為分界，戰前評論多見於文學雜誌，主要針對其小說，褒貶參半，可見翁鬧小說在日治時期臺灣文壇的接受狀況。戰後研究則自 1970 年代末起，隨著其作品的整理，生平資料與作品的重新發現而陸續豐備翁鬧的文學研究。後半部分討論翁鬧作品的相關研究，將其短篇小說分為「渴望愛情、思慕異性」與「描繪臺灣農村生活、農村小人物」兩組，另外獨立其中篇小說〈有港口的街市〉與其詩作、評論和譯詩，分述其藝術擘造與核心意旨。結語指出翁鬧對現代主義文學的探索，無疑是超越時代的心靈躍動。

收錄篇目

【臺灣現當代作家研究資料彙編 92】孟瑤（1919～2000）

臺南：國立臺灣文學館

2017 年 12 月，18 開，355 頁

定價 380 元

孟瑤，女，本名揚宗珍，1919 年 5 月 29 日生，2000 年 10 月 6 日辭世，享年 81 歲。創作文類以小說為主，兼及散文、論述、兒童文學等。作品多取材於現實，記錄時代的氛圍與變遷。

本書收錄評述文章 30 篇，研究評論資料目錄收錄資料 283 筆。

編選人：吉廣輿

高雄師範大學國文學系博士。曾任佛光出版社社長、佛光山文化院執行長、高雄師範大學國文學系助理教授等。現任義守大學通識教育中心助理教授。曾獲聯合報文學獎散文首獎、聯合報文學獎極短篇小說獎等。著有《方杞散文》、《孟瑤評傳》、《宋初九僧與其詩》、《漢魏樂府詩詮證》等。

綜述摘要

本文將孟瑤作品分為世變小說、人情小說、梨園小說、移民小說、歷史小說、學術三史、改編劇本、理性散文、童書及文學譯著十種類型，並列舉各類代表作品析論。同時指出目前為止的相關研究成果多集中在學述三史和單篇、單本小說評介，少有專書研究，期待未來的研究者可以將其作品特色、寫作脈絡統整歸納，做一完整的通盤研究。

收錄篇目

【臺灣現當代作家研究資料彙編 93】楊念慈（1922～2015）

臺南：國立臺灣文學館
2017 年 12 月，18 開，304 頁
定價 310 元

楊念慈，男，1922 年 1 月 5 日生，2015 年 5 月 20 日辭世，享年 93 歲。創作文類以小說為主，兼及散文。小說作品不乏描述戰後初期落腳臺灣的外省人如何適應新環境，具有重要的時代意義。

本書收錄評述文章 26 篇，研究評論資料目錄收錄資料 119 筆。

編選人：張瑞芬

東吳大學中國文學系博士，現任逢甲大學中國文學系教授。著有《未竟的探訪——瞭望文學新版圖》、《五十年來臺灣女性散文·評論篇》、《狩獵月光——當代文學及散文論評》、《臺灣當代女性散文史論》、《胡蘭成、朱天文與「三三」——臺灣當代文學論集》、《鳶尾盛開——文學評論與作家印象》等。

綜述摘要

本文首先簡述楊念慈的生平與文學歷程。來臺初期賃居臺北的「木板屋」，專事寫作，結交許多文壇好友，對於之後的文學生涯和創作都深有影響。其次舉例說明其行伍經歷對作品、甚至早年筆名的影響。而後從各篇選文中淺析其人性格，「亂世為人，稜角分明」，以及其創作理念，包括文字的基本修養、作者的文學看法、小說理論的確立等，於今觀之，仍足以為創作入門者參考。

收錄篇目

【臺灣現當代作家研究資料彙編 94】施明正（1935～1988）

臺南：國立臺灣文學館
2017 年 12 月，18 開，287 頁
定價 290 元

施明正，男，1935 年 12 月 15 日生，1988 年 8 月 22 日辭世，得年 52 歲。創作文類以小說為主，兼及詩。小說多為自敘形式，觸及戰後臺灣的社會經驗及政治困厄中人的處境，文體呈顯出極為特殊的風格。本書收錄評述文章 24 篇，研究評論資料目錄收錄資料 185 筆。

編選人：林淇瀁

政治大學新聞學系博士。現任臺北教育大學臺灣文化研究所教授、臺灣文學學會理事長、吳三連獎基金會祕書長。曾以詩集《亂》獲臺灣文學館 2007 臺灣文學獎「新詩金典獎」。著有《場域與景觀：臺灣文學傳播現象再探》、《書寫與拼圖：臺灣文學傳播現象研究》、《迎向眾聲：八〇年代臺灣文化情境觀察》等。

綜述摘要

本文首段概述施明正生平及創作歷程。第二部分簡述施明正文學研究概況，並指出其文學評論多聚焦於白色恐怖經驗的書寫。第三部分分析其評論數量稀薄的原因，除政治抑壓下創作有限外，也與其題材敏感有關；本段進一步析介本冊彙編所選評論文章，囊括親友、往來密切作家的追憶、側寫之文，亦有學者探看其文學與政治關聯的論文，可供深入了解施明正其人及其在臺灣文學史上的意義。文末指出雖多有人以現代主義詮釋施明正的文學創作，然而現代主義其實是施的保護色，真實經歷的跌宕糾雜才是施明正文學創作的核心。

收錄篇目

【臺灣現當代作家研究資料彙編 95】劉大任（1939～）

臺南：國立臺灣文學館
2017 年 12 月，18 開，350 頁
定價 360 元

劉大任，男，1939 年 2 月 5 日生。創作文類以小說為主，兼及散文。小說早年以國族與革命的省思為題材，近年轉寫家常瑣事；散文以知識分子的角度，關心兩岸政經與社會，也有運動文學與園林書寫。

本書收錄評述文章 32 篇，研究評論資料目錄收錄資料 307 筆。

編選人：須文蔚

政治大學新聞學系博士，現任東華大學華文文學系教授兼系主任。曾獲中國文藝學會優秀青年詩人獎、詩運獎、創世紀詩刊詩獎、五四獎（青年文學獎）、中國文藝協會文藝獎章（文學評論獎）。

綜述摘要

本文從作家生平、小說與散文三部分，分節綜述研究評論。以作家自述、作品見其多元題材的創作歷程。在小說部分，背景橫跨臺、美、中，在散文與雜文部分，以知識分子的角度書寫憂國之作，也開運動、園林書寫之先聲。文末提及現今對作家的評論與研究多關注於其與保釣運動之間的關連，期盼未來能以 1970 年代文革前後留學生學轉折、於香港雜誌的發表等方向進行研究。

收錄篇目

【臺灣現當代作家研究資料彙編 96】許達然（1940～）

臺南：國立臺灣文學館

2017 年 12 月，18 開，375 頁

定價 390 元

許達然，男，本名許文雄，1940 年 9 月 25 日生。創作文類為詩與散文為主。其文筆洗鍊，用字凝縮，作品視野和取材廣闊，表達出社會意識和集體記憶，充滿人道關懷。

本書收錄評述文章 29 篇，研究評論資料目錄收錄資料 265 筆。

編選人：應鳳凰

美國德州大學奧斯汀校區東亞系文學博士。曾任《中國時報・人間副刊》編輯、德州大學東亞系助理講師、成功大學臺灣文學研究所副教授、臺北教育大學臺灣文化研究所教授，現已退休，專事寫作。

綜述摘要

本文將許達然的作品依出版時間分成三期，並按分期簡述各期的評論。在 1960 年代雖然作品讀者多，但僅兩篇對《含淚的微笑》有所評論，直至 1980 年代創作的轉變與高峰期，評論也層出不窮，如作家訪談、「詩與散文討論會」等，呈現出多元的評論形式，另一方面，因簡體版文集的印行，亦有大陸學者的評論。20 世紀因臺灣文學研究所紛紛成立，有幾部碩士論文產於此時。本書另選三篇學者訪談文章，讓讀者能了解更多作家的生活，更容易進入作家的文學世界。

收錄篇目

【臺灣現當代作家研究資料彙編 97】楊青矗（1940～）

臺南：國立臺灣文學館
2017 年 12 月，18 開，330 頁
定價 330 元

楊青矗，男，原名楊和雄，1940 年 8 月 11 日生。創作文類以小說為主，兼及論述。其小說創作首開工人小說先河，長期戮力描寫勞工生活樣態，用直筆揭露臺灣社會的無奈與沉痛，具備濃厚人文關懷。

本書收錄評述文章 20 篇，研究評論資料目錄收錄資料 368 筆。

編選人：彭瑞金

高雄師範學院國文學系畢業。曾任高中國文教師、真理大學副教授。現任靜宜大學臺灣文學系教授暨臺灣研究中心主任、臺灣筆會理事長、《文學臺灣》主編。曾獲巫永福評論獎、臺灣新聞報文學獎、賴和文學獎、行政院文耕獎、客家文化貢獻獎、高雄市文藝獎等。

綜述摘要

本文前半部分概述楊青矗生平及文學創作歷程，呈顯其在農業社會向工業社會遞變的過程中，將黃昏的感傷淬煉成仗義之筆的的動力。後半部分析介楊青矗的文學研究資料，指出楊青矗由其豐富的生活經驗汲取文學養分，其文學無法僅憑理論解「套」，而充分展現其文學觀、人生觀的自序、自跋實為通往楊青矗文學的重要孔道。

收錄篇目

【臺灣現當代作家研究資料彙編 98】敻虹（1940～）

臺南：國立臺灣文學館
2017 年 12 月，18 開，332 頁
定價 340 元

敻虹，女，本名胡梅子，1940 年 12 月 1 日生。創作
文類以詩為主。作品以抒情筆調，捕捉內心情感與現
實，並出入於佛文經理，將宗教哲思轉化為優美的語
言。

本書收錄評述文章 35 篇，研究評論資料目錄收錄資
料 207 筆。

編選人：李癸雲

臺灣師範大學國文學系博士。曾任政治大學中國文學系副教授。現任清華大學臺
灣文學研究所教授兼所長。曾獲臺北文學獎新詩評審獎、臺灣文學獎散文獎等。
著有論述《朦朧、清明與流動：臺灣現代女性詩作中的女性主體》、《結構與符號
之間：臺灣現代女性詩作之意象研究》、《詩及其象徵》、詩集《女流》。

綜述摘要

本文前半部分指出，因敻虹創作演變的殊異，前行的研究頻繁以「對照性」視角
切入，其一是強調女性書寫特質，其二是強調風格演變的區別。針對前者「唯情
唯美」的論定，本文舉出女性研究者們的不同詮釋，豐富女性書寫的內涵；對於
後者，則指出佛學在敻虹詩作中的價值與作用。後半部分著重其童詩與地誌書
寫，其童詩表現了萬物有情、慈愛護生的觀點，地誌書寫則具有地景書寫與故鄉
回憶的特色。結論點出應以整合論述敻虹詩作全部表現，不以斷裂分期視野看
待，也期待出現跨界、多元的詩評；更可以橫向展開比較研究。

收錄篇目

【臺灣現當代作家研究資料彙編 99】張曉風（1941～）

臺南：國立臺灣文學館
2017 年 12 月，18 開，437 頁
定價 450 元

張曉風，女，筆名曉風、桑科、可叵等，1941 年 3 月 29 日生。創作文類以散文、劇本為主，中國文化與基督信仰則為創作基底，擅長以富含詩意的語言進行描述，內容豐富多變，具有獨特的美學品味。

本書收錄評述文章 25 篇，研究評論資料目錄收錄資料 782 筆。

編選人：徐國能

臺灣師範大學國文學系博士。曾任淡江大學中國文學學系助理教授，現任臺灣師範大學國文學系教授。曾獲聯合報文學獎、時報文學獎、梁實秋文學獎等。著有《第九味》、《煮字為藥》、《綠櫻桃》、《詩人不在，去抽菸了》等。

綜述摘要

本文大致將張曉風研究分為創作底蘊、散文評價與劇本評述三部分。首先藉由作家的自述文章展現其深度的自覺，同時揭櫫中國與基督文化對其創作的巨大影響。其次，以名家評論展現張曉風散文在臺灣文學史上承先啟後的地位，同時點出在詩性語言背後關懷並期望改革社會的理念。最後，說明張曉風劇本創作的歷程與爭議性，點出其融匯中西、汲古潤今的文學信仰。

收錄篇目

【臺灣現當代作家研究資料彙編100】王拓（1944～2016）

臺南：國立臺灣文學館
2017 年 12 月，18 開，319 頁
定價 330 元

王拓，男，原名王紘久，1944 年 1 月 9 日生，2016
年 8 月 9 日辭世，享年 72 歲。創作文類以小說為
主，文字質樸流暢、用語通俗親切，多以家鄉漁村為
場景，描寫底層人物的辛酸與無奈。

本書收錄評述文章 27 篇，研究評論資料目錄收錄資
料 289 筆。

編選人：李進益

中國文化大學中國文學系博士。曾任花蓮教育大學臺灣語文學系教授兼系主任、東
華大學臺灣文化學系教授，現任東華大學華文文學系教授。著有《繼承與創新——
論鄭清文的文學世界》；編有《花蓮縣民間文學集》（二冊）等。

綜述摘要

本文將王拓的文學歷程大致分為三階段：1.1970 年代的短篇小說創作，集結為
《金水嬸》與《望君早歸》二書，內容反映現實社會，在當時引起獲得不少回
響。2.1977 年參與鄉土文學論戰，為文強調鄉土文學關懷社會的核心價值，與陳
映真、尉天驄一同遭公開點名批判。3.1979 年因美麗島事件入獄，期間創作的長
篇小說與兒童文學，具有濃厚的政治意味並反映作者的政治理念。

收錄篇目

◆作家姓氏筆畫索引

＊按姓氏筆畫順序排列

◆ 作家生卒年索引

＊按出生年順序排列

國家圖書館出版品預行編目資料

臺灣現當代作家研究資料彙編., 百冊提要/ 封德屏總策畫.
-- 初版. -- 臺南市：臺灣文學館, 2018.01
　面；　公分
ISBN 978-986-05-4994-2(平裝)

1.臺灣文學 2.目錄 3.提要

863.021　　　　　　　　　　　　　106024585

【臺灣現當代作家研究資料彙編】
百冊提要

發 行 人　廖振富
指導單位　文化部
出版單位　國立臺灣文學館
　　　　　地　　址／70041 臺南市中西區中正路 1 號
　　　　　電　　話／06-2217201　　　　　傳　　真／06-2218952
　　　　　網　　址／www.nmtl.gov.tw　　　電子信箱／pba@nmtl.gov.tw

總 策 畫　封德屏
顧　　問　林淇瀁　張恆豪　許俊雅　陳信元　陳義芝　須文蔚　應鳳凰
工作小組　王則翔　沈孟儒　林暄燁　黃子恩　陳映潔
責任編輯　沈孟儒
校　　對　沈孟儒　林暄燁　黃子恩　陳映潔
計畫團隊　財團法人台灣文學發展基金會
美術設計　翁國鈞・不倒翁視覺創意
印　　刷　松霖彩色印刷事業有限公司

著作財產權人　國立臺灣文學館
　　　本書保留所有權利。欲利用本書全部或部分內容者，須徵求著作財產權人
　　　同意或書面授權。請洽國立臺灣文學館研究典藏組（電話：06-2217201）

經銷展售　國家書店松江門市（02-25180207）
　　　　　國立臺灣文學館藝文商店（06-2217201#2960）
　　　　　一德洋樓羅布森冊惦（04-22333739）
　　　　　三民書局（02-23617511、02-2500-6600）
　　　　　台灣的店（02-23625799）　　　府城舊冊店（06-2763093）
　　　　　南天書局（02-23620190）　　　唐山出版社（02-23633072）
　　　　　後驛冊店（04-22211900）　　　五南文化廣場（04-22260330）

初版一刷　2018 年 1 月
定　　價　新臺幣 200 元整
　　　　　第一階段 15 冊新臺幣 5500 元整　第二階段 12 冊新臺幣 4500 元整
　　　　　第三階段 23 冊新臺幣 8500 元整　第四階段 14 冊新臺幣 5000 元整
　　　　　第五階段 16 冊新臺幣 6000 元整　第六階段 10 冊新臺幣 3800 元整
　　　　　第七階段 10 冊新臺幣 3200 元整　全套 100 冊新臺幣 30000 元整

GPN　1010602680（單本）　ISBN　978-986-05-4994-2（單本）
　　　1010000407（套）　　　　　　　978-986-02-7266-6（套）

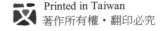